生、老、病と死の風景

浅田高明

文理閣

苦も楽も　なべて消え果て　逝く道の
笹やぶ陰に　夕陽沈みぬ

浅田　高明

目次

一　死のある風景

昨夜、突然、あの世の女房から電話がかかってきました。無線電話だからちゃんと通じるのですね、ちょっとびっくりしました。

〝あなた、元気？　どうしている？　明日の読書会には必ず出席して、秋吉先生にはくれぐれもよろしく伝えておいてくださいね。私が居なくなって食べるのに、随分、不自由しているらしいけれど、でもあなたは昔から食べることより本を読むことの方が好きだった。食事の時間になって私が呼んでも、中々、二階の書斎から下りてこなかったし、本さえあれば他は何も要らなかったわね。相変わらずずっと秋吉先生にお世話になっているようだけれど、これからも決して先生から離れたらいけないわよ。

先生は、いろいろ美味しくて栄養価の高い本をたくさんご馳走してくださる名料理人ですからね、わかったわね。そうそう、わたしの遺して置いたヘソクリから松の葉っぱを一枝だけ、先生にお贈りしておいてくださいね。〃

一方的にしゃべった後、プッツリ電話は切れてしまいました。後は受話器よりほのかな菊の花の香りが漂うだけ、あの世の電話番号が判らないから、こちらからは掛けようがありません。まるで作家・浅田次郎さん描くところの幽霊話みたいですね。

早速、去年の日記帳を開いてみたら、やっぱりありました。不眠不休、無我夢中の介護を駆け抜けた半年の果てに、野辺送りも終えて、ふた七日経った三月三十日の夜、一人ぼっちの寂しさに居たたまれなくなった私は、無意識のうちに秋吉先生のお宅へ電話していたことがちゃんと記してありました。「文学表現と思想の会」一〇〇回記念文集『行路100』原稿の締め切り期限を問い合わせていたのです。女房への介護と追悼の拙い一文を是非とも載せてほしいと思ったからでした。その電話をあの世の女房がこっそり盗聴して覚えていてくれたんですよ……。

『行路100』出版記念会冒頭、無理やりやらされた挨拶要旨の下書きメモが机の引き出しから出てきた。つい懐しくなって読み返してみたが、あれからもう二年経ってしまっている、実に早いですね。

今から思えば、あの頃は私もまだまだ若かった、喜寿を迎えたばかり、女房を喪《うしな》ったとは言え、それでも何とか立ち直らねばと発奮し、乏しい力を振り絞りながら下手くそな随想を臆面もなく綴って載せて貰っていた。

一周忌に際して、親戚、知人、友人たちに配るため、別途に準備した小冊子『しのび草—菊の香』を、故人が生前愛読して已まなかった作家でテレビ演出家の久世光彦氏にも一部お贈りしたら、思いも掛けずその頃「週刊新潮」へ連載中の《死のある風景》に、素晴らしいカラー刷りコラージュ風挿絵付きで採り上げていただき、先年出たシリーズ第三刊目の単行本『死のある風景—冬の女たち』へも、そのまま再録して下さった。

ところが残念なことに、その久世氏も、平成十八年三月、突如、呆気なく逝ってしまわれた。

さてこの数年、私の体調の衰えも又まさにつるべ落としの感になって来た。頼みの視力は低下して、まともに本を読むこともだんだん難しくなってくると共に、ワープロやパソコンの操作など、勿論、今までの三倍も四倍も時間を要し苦行の連続、おまけに長年の酷使、無理、放置が祟って、脊柱管狭窄に因する？　腰や脚の痛みとしびれによる歩行困難が殊の外ひどい。更に労作時には胸苦しさも一段と強く、何か隠れた余病もありそうな気配。限りある身の力試さんと日々努めてはいるのだが、中々、思うようには捗らない。

秋吉先生にいろいろ栄養価が高くて美味しい本をたくさん並べていただいても、もうゆっくり味わうことも侭ならない。人間食べられなくなったら、もうお終い。そろそろ覚悟を決めた方がよさそうに思う。

近年、ＷＨＯが発表した日本人男性の健康寿命は七十二歳、平均寿命は七十七歳。つまりこの較差の五年間は、多かれ少なかれ、どこか心身の異常を抱えながらのターミナルライフステージを意味している。

わが身を振り返って、この統計数値との余りの合致に、些か驚きながらも又頗る感じ入っている。〝花の下にて春死なん〟と詠んで、望み通りに逝った西行法師もやはり七十二歳だったらしい。

昨今、評論家・柳田邦男氏は、一人称、二人称、三人称の死という概念を提唱しておられる。それに因んで、私も又かつて職業人として冷徹に眺めた多くの「三人称の死のある風景」、近くは女房に寄り添い情感を込めて看取った「二人称の死のある風景」に引き続いて、今こそ己自身のターミナルライフに即し、一日一生、一刻一期の思惟に徹した「一人称の死のある風景」を、しっかり見極めたいと秘かに念じている次第である。

（平一八・六）

約十余年以上も前に書いたこの文章の結語部にある「各人称の死のある風景」について、現在、些か感じていることがあるのでちょっと付け加えておきたい。

先ず「三人称の死のある風景」は、私が大学の研究室へ入局した昭和三十年代の極く初め、呼吸器疾患の大部分が結核性のもので占められていた頃、事、経済社会面では表向きに関する限りかなり敗戦の痛手から立ち直って〈もはや、戦後ではない！〉と言う勇ましい掛け声が恣意的に？　誤用されたりさえもしたが、実際の医療現場での状況はそう簡単に割り切れ解決されているとは、とても思えなかった。いきおい、病気と貧困、家庭環境と生活保護の問題などが治療にも多大の影響を及ぼしていた。言わば社会科学的な観点からの人間の生と死が常に私の心を捕えて放さなかった風景であった。

次の「二人称の死のある風景」とは今から二十年前、輝かしい未来の二十一世紀の幕開け？　と皆が挙って期待したあの平成十二年春三月、私は最愛の妻を喪《うしな》った。〝最期は是非とも住み慣れた我が家の畳の上で逝きたい〟との悲痛な彼女の願いを容れて、年初め早々に退院した。その後ずっと、週末には嫁いだ二人の娘が交互に手伝いに来てくれた（嫁いで日も長い故、わが家の現状には全く疎く、思った程には事がうまく運ばなかったが）とは言うものの、殆ど独りで終日二十四時間を病床に付き添い看取った約三カ月のターミナル・ケアに明け暮れた毎日。術後十八年目に再発した癌の骨転移、治らぬ病いの激痛に耐え兼ね、苦悩に歪む顔表情の凄まじさ、痩せ細った手足の痛々しさ、衰え果てた彼女の傍らに在って思うは、只、過ぎ越し譬《たと》え短かかったにせよ、四十年の私たち二人のあらゆる苦楽を共にし、娘たちの健やかな成長を祈りつつ見守り、ささやかな希望と期待に胸膨らませていたあの掛け替えのない家庭生活の日々、死に逝く妻が遺してくれた〝私はこの病いを不運とは思っても、不幸と思ったことは一度もない。人間としては十分価値のある立派な生き方が出来たという誇りと満足で一杯です〟の最期の言葉がいみじくもそれを説き示し、互いの熱く切ない情感が激しく行き交った、言わば多分に人文科学的な要素を含んだ生と死のある風景だった。

そして昨今、入院治療中の自分自身が張本人である「一人称の死のある風景」とは、一体、如何なるものであろうか？

愛する伴侶を喪い、古希も過ぎて、その後も齢を重ね喜寿、傘寿、米寿を越えて、はからずも今や卆寿の域にまで達してしまった。

三年前、突如、襲い来た心臓発作にあたふたと慌てよろめき、精密検査での全く思いもよらぬ難治かつ徐々に進行の可能性も避けられぬ病の由の宣告、加えて悪性腫瘍の追加発生、予て覚悟の時遂に至るの感しきりなるも、さてこそ大々的に宣言し来た「一人称の死のある風景」一期一会の晴れ舞台への出演？ をどのように果たすべきか。呆けゆくおつむをなだめすかし、時に鞭打って試行錯誤の模索のあげく、わが「死に至る病」の心身自体を好個の実験材料とするつまりは臨床試験的な受療を思案、例えば心不全の指標ＢＮＰ（基準値一〇台）が何と最高一五〇〇、昨今や、落ち着いて九〇〇台に達してさえも尚生かされ続けている現病状、少し具体的に付け加えるならば肺・体循環血流動態へのコントロールさえもはや侭ならぬ迄に傷めつけられながらも尚瞬時の休みもなく最期を目指してけな気に動き続ける我が愛する心臓、更には狂暴な癌細胞群に圧し潰されて老廃物処理能力ガタ落ちの腎臓を抱え、日頃使っている利尿剤の質と量への微妙極まる調整作業の難しさ、厳しい自他覚症状に対する我慢の辛さ……等々へ本業である医師の立場からするあらゆる対処と観察、即ち只今は自然科学的な生と死に関わる風景、拙い自作自演の人生劇フィナーレに於いて、次第に消えゆく大切な残り火を心静かに見詰め居る毎日である。

たまたま病院内で開かれたピアノ演奏会やコンサートの傍聴による約五パーセントもの血中酸素飽和度上昇などは、全く思いもかけなかった音楽療法の実体験事実、お蔭さまで多くの周囲医療関係者や近親者、友人、知人たちからの温かいご協力と励ましとを賜って、いまだに精一杯の息を保ち続けている。

災いを転じて福となし、マイナスを変えてプラスにし、窮すれば通じ、念じればきっと果たせる。世の中すべて、考え方ひとつで己に損を与えるものは何ひとつない。大いに助けられ生かされ続けて来た人生の最果て、死の直ぐ淵に立ってやっと得ることが叶った最大にして最高の道理、教訓である。

（令和元・一二）

二　夏が来れば思い出す

夏の夜の風物詩は、何と言っても打ち上げ花火であろう。中天にはじけ、川面に映える大玉、小玉の輝きが織り成す壮大、美麗な光の綾錦は、夕涼みのひとときを得も言われぬ醍醐味の世界に誘ってくれる。だが、私にとってはこの平和な時代の妙なる美の祭典も、決まって一つの遠い記憶を呼び覚ますきっかけになってしまう。

思いは今からちょうど半世紀足らず前の夏に遡る。昭和二十年八月一日夜半から二日早暁にかけ、かつて私が住んでいた北陸の小都市・富山の町は、アメリカ空軍のB29型超重爆撃機百七十三機による徹底的な焼夷弾攻撃を受けて、瞬時にして壊滅してしまった。アメリカ側の資料によれば、約二時間足らずの間に、一・八八平方マイルの市街地目標に投下された焼夷弾量は一四六五・五トン（油脂集束弾二十三パーセント、エレクトロン集束弾七十七パーセントの合計一二七四〇発）であった。試しにこの投下弾量の数値と、あの昭和二十年三月十日夜の東京下町大空襲時における三時間の全投弾量の一六六五トン（油脂焼夷弾一二〇二二発、標的面積一一・〇八平方マイル）とを比較してみれば、戦争最終末期にあって、ちっぽけな地方の田舎町に加えられた爆撃がいかに激烈、残虐を極めたものだったかが、大概、想像つくであろう。

あまつさえ、富山市は焼夷弾攻撃を受けた全国の主要な中、小都市のうちで、その面積焼失率も又第一位の九十九・五パーセント、「アメリカ陸軍航空軍史」はこれを夢のような数字になったと述べている。

油脂焼夷弾はナパーム油を詰めた直径約八×長さ約五十センチメートル、重さ二・七キログラムの金属性六角筒の尾部に細長い布製リボンを付けたもの、エレクトロン焼夷弾は主としてマグネシュウム系軽合金の粉末を詰めた直径約五×長さ約三十五センチメートル、重さ一・八キログラムの同じく六角筒であった。

前者は四十八筒、そして後者は百十筒を、各々、束ねて一発とした大型集束弾は、飛行機から投下され、その落下途上で時限信管により炸裂して空中で撒開し、バラバラと地上に降りそそぐ構造になっていた。いわゆる「モロトフのパン篭」（最初に欧州で使用したのがソ連空軍だったので、当時のソ連外相名が付けられた）と称したクラスター型の親子焼夷弾であった。

上空一杯すだれ状に広がって、何百、何千もの火のついたリボンの尻尾をチラチラ明滅させ、あるいは煌々と輝く強烈な閃光と、灼熱した無数の火花を四方八方に撒き散らしながら落ちてくる焼夷弾の群れは、あたかも数十発、否数百発の打ち上げ花火と仕掛け花火を、併せて一度にぶち挙げたような有様だった。

その夜の空襲は、出撃機数、投下弾量において、それぞれ全機発進、最多トン量を示し、アメリカ空軍はその努力目標程度を《最大努力》に設定していた。当発表記録は又、同夜の攻撃対象となった富山、水戸、八王子、長岡の四地方都市の全死者数四一一〇人中、実にその半数以上の二二七五人が富山市の犠牲者だったと伝えている。私の周辺においても極く親しかった友人、そして幾人かの知人たちがこの中に含まれている。

ものすごい唸りを立てて落下し、そこら一面飛び跳ねて、たちまち辺りを恐ろしい火の海、煙の渦と化していった焼夷弾による阿鼻叫喚の焦熱地獄、その中を必死で逃げ惑った、あの暑い一夜の遥かな追憶に浸り、亡くなった方々への鎮魂の祈りに終始しつつ、今年もまた私は、この夜空を鮮やかに彩る光と色の芸術を、ついついその華やかさとはおよそかけ離れた、些か暗い、複雑な気持で眺めてしまうのである。北陸日本海沿いの小さな田舎町、戦争最終末期、敗戦をわずか二週間後に控えた真夏の夜の悪夢、いまだ心に深く抉られた劫火の傷痕は、いかなる歳月の流れをもってしても、毫も拭い去ることは出来そうにない。

猛火を潜っていっしょに逃れた家族五人の中、両親と弟妹の四人は既に亡い。只独り、残ったこの私だけでも、せめて生命あるうちに、戦争を全く知らない子や孫たちの世代へ、あの半世紀余り昔における、決して忘れ去ることの出来ない悪夢の空襲被災体験を語り伝え、無意味で無駄な戦争の残虐悲惨さをぜひとも伝え残しておかねばならぬと切に念じ続けている。

大空を　割きて轟く　火の華に
　遠きいくさの　夏をしぞ想う

五彩の火　砕けて映ゆる　夜の空に
　はるけく偲ぶ　亡き君が面

（平一〇・八）

三　峠道

かつて堺屋太一氏の『峠の群像』が読まれ、テレビの大河ドラマにも採り上げられ、世は挙げて峠の時代などと騒がれた。

言われるまでもなく、我々昭和一桁世代、齢は既に五十歳代、その体力と言い、智力と言い、あるいは記憶力と言い、創造力と言い、どれ一つ採ってみても、まさしく人間として、人生としての峠にさしかかっている。真夏の一夜、「思い出のメロディ」とかいう番組があったりすると、もう何もかも放り出して一人テレビの前にしがみついて、只、ひたすら郷愁に浸り切っている己の姿などを思う時、ますますその感を深くする。

かの長篇小説『大菩薩峠』の作者・中里介山は、その個人雑誌『峠』創刊号に「峠という字」と題して、次のように述べている。

和語の「たうげ」は「たむけ」だと言ふ説がある。人が旅して、越し方と行く末の中道に立つて、さうして越し方をなつかしみ、行く末を祈る為に、手向をする、祈願をする、回向をするといつたやうな漂渺たる旅情である。

山があり上があり下があり、その中間に立つ地点を峠と呼ぶ……人生は旅である、旅は無限である、行けども行けども涯りといふものは無いのである、されば旅を旅するだけの人生は倦怠と疲労と困憊と結局行倒れの外何物もあるまいではないか、「峠」といふものがあつて、そこに回顧があり、低徊があり、希望があり、オアシスがあり、中心があり、要軸がある、人生の旅ははじめてその荒涼索莫から救はれる。

今つらつら、自分の長いようで短く、はたまた短いようで長い半世紀の過去を振り返って見る時、その余りにも無為徒食の日々の積み重ねには、只々愕然とし、慚愧の念に耐えない。はてさて如何ように考えてみても、私など人生における山らしい山には到底登ることも出来ず、四方に聳える高い峯々を仰いでは、いたずらにその麓をうろうろ這いずり廻っているような、まことに無様な姿を見出すに過ぎない。

しかし待て、山高きが故に必ずしも尊からず、である。譬え低い小山ではあっても、何人も通らなかったけもの道を、あるいは又、決して荒らされることのなかった自然のままの静かな佇まいを残す間道を縫って、ゆっくりと遊んでもみたい。小鳥の囀りに耳をそばだて、道傍に咲きこぼれる名もない草花を摘んでもみたいし、山あいに湧く岩清水に咽喉を潤し、新鮮な山菜に舌鼓を打ってもみたいのである。深い谷間に分け入り、迷い込んで、フト行く手に明るく眺望の開けた一点に立つ時、低いながらもそこに私の峠があるような気がする。

ここ二十数年来、余技として仕事の合い間を見付けては細々と続けてきた、作家・太宰治の人と芸術を出来るだけ己の二本の脚と手と、二つの目と耳でたずね、結核病学的見地から再検討する実証的論究も、どうにかやっと一冊に纏め上げることが出来た。『太宰治の「カルテ」』と題する四百ページ余りの本であり、近代文学評論家でもある医学書院社長の長谷川泉氏が序文の筆を執って下さった。

さて再び、介山は記している。

「峠」は人生そのものの表徴である、従って人生そのものを通して過去世、未来世との中間の一つの道標である、上がる人も、下る人もこの地点にはたたなければならないのである。

どうもこれからは、一歩前進二歩後退のような気がしてならない。とりあえずは峠に憩うて、しばし清澄な空気を吸うことにしよう。そして、そこから又上がるにしろ下るにしろ、再び新しい漂泊の旅情に身をまかせることにしたい。

……と言うと、些か恰好よく聞こえるのだが、実のところは、これで中々の閑と、人一倍の根気と、そして、案外、金の要るとんだ道楽にいつのまにやら身を持ち崩した酔狂者に、今や周囲の声は皆、〈あきれ果てて〉から〈あきらめ果てて〉に変わりつつあるという次第、いやはや峠道もいろいろあるものである。

（「京都大学医学部二九会報」第七号、京都大学医学部二九会、昭五七・一二）

四　ターミナル・ケアに思う

甚だプライベートな繰り言で恐縮だが、亡父のちょうど三十三回忌に当たる今年、又暑いさ中に母を喪《うしな》った。どちらも癌死だった。父の方は初診後すぐの試験開腹からたった三週間で、あっという間に逝ってしまったが、母は長年の心臓病の治療で大学病院入院中に併発した癌で、高齢故に手術や化学療法など一切せず、比較的体調のよい時は、外出や短期の外泊もさせて貰ったりしながら、殊に最後の一年は出来るだけＱＯＬ〈生命〈生活〉の質〉の維持に努める毎日が続いた。

振り返ってみれば、この三十数年における医学、殊に癌治療の進歩は目覚しく、今更のごとく感じ入るものがある。しかしながら究極的には避け得ない人間の生、老、病、死のあらゆる過程に関与する医学、医療の中でも、今回、特に末期癌の終末看護の一端に直接携ってみて、只、机上の思考概念だけでは決して得られない貴重な体験や、数々の未解決な問題点を、大いに学ぶことが出来た。

作今、癌告知、緩和ケア、終末医療、生命・人生・生活の質、尊厳死……等々、難治、不治疾患への全人的な医療対応の仕方について、しばしば、あちこちで論議されるようになって来つつあるが、その最末端の現場では、いまだに幾多の困難や隘路《あいろ》が存在し、言わば尚その実情は、まだまだ個人や有志グループなどのレベルによる試行錯誤が日夜続けられている程度の段階ではなかろうか？

このたびの母は、近代設備の整った一般病棟の個室に入れて貰い、ホスピス病棟ではなかったから、末期癌患者の長期にわたる終末医療には、医師や看護婦さんはじめ、病院のあらゆる方たちから殊の外の心遣いをいただき、並々ならぬお世話をかけた。こちらが日頃なまじっか医療に携る端っくれであったばかりに、先方病院側の時に規則を度外視した対応の仕方などには、その思い遣りの気持が手に取るようによく理解出来たし、はたまた今までの医療人としての己の来し方に引き当てて見て、何かと反省を迫られ、参考になることもまま多かった。

ところでそのような格別の配慮を戴いたにもかかわらず、患者本人を挟んでの施療者側と身内家族との間には、その対処の在り方に敢えて正直に言うなら、やはりかたや職業人、かたや肉親の立場としての感情の差異や、感覚の乖離をしばしば認めざるを得なかった。

例えば、骨転移で余命いくばくもなく、激痛に悲鳴を上げ通しの患者に対して、褥創の防止を第一義としてのあたかも情け容赦もないかの如き体位変換や、日々の清拭など、殊に臨床経験のいまだ浅い若い看護婦、或いは大学病院なるが故の附属看護学校の教育実習生さんたちの、まじめで一生懸命なるがため尚一層マニュアル通り融通性のない実施は、傍に付き添う家族として、患者本人にも劣らぬくらい辛く耐え難い、実に遣り切れぬものだった。又繁忙を極める治療、看護スケジュールにあっては、致し方のないことかも知れぬが、明らかに申し送りの不備や、連絡の不調によると看做《みな》されるトラブルにもぶつかって、往々、気まずい思いを強いられた。更に病室近くでの、時間を選ばぬ営繕工事や、補修、清掃業務の只ならぬ騒音や振動も、重症末期の患者をひどく悩ますものだった。加えて患者自身は、常日頃心の中では色々煩悶しながらも、やはり過度の遠慮から施療者側へは決して、その本心を容易に訴えないことも予想していた以上を遥かに越えた、極めて高いレベルにある事実をまざまざと実感し得た。

いずれにしても、その性格も、疾病も様々に異なり又時々刻々に変化する病態の患者個人の細かい私的な心身面に対し、病院、病棟など公的な機能集団に属する、組織人としての医師や看護婦、その他関連諸部門の職員たちが、その治療方針や看護手順、あるいは病院業務規定に従って仕事を行う場合、現時点においては自ずからもろもろの制約、矛盾、齟齬《そご》、決定困難な課題が山積しているのは当然であろう。

患者の意志をあくまで尊重し、十分な説明と同意に基づいてと言ってはみても、赤の他人が、真の意味での患者自身の心情には絶対なれっこない。要は、いかに両者が互いに納得し、了解でき、近付き得るかの限界点を鋭意模索して、理想と現実の融和、折衷案を一つ一つ考え、各々、その許容範囲を見出して行く方向に、何らかの解決法があるのではなかろうか。

とにかく今まで頭の中でのみ理解（多分に理解したと錯覚？）していたターミナル・ケアの実際に触れてみて、前途に如何に多くの問題点が横たわっているかに目から鱗の落ちる思いがした。

死の一週ないし十日程前から、母はしきりに家へ帰りたがったが、容態が許さずかつ諸般の事情から、遂に望みを叶えてやることが出来なかった。三十数年前、何らなす術のなかった父は、それでも住み慣れた自宅の畳の上で、私に最期の脈を取られて大往生を遂げた。

今にして思うのである。死に逝く患者本人にとっては、果たしてどちらがよかったのだろうか？　人間の生死を巡る医学、医療のここ数十年の進歩、発展の意義とはいったい何だったのだろうか？

つい先日も、ある新聞の投稿川柳欄に〝病母逝き　悲嘆と安堵　いっしょに来〟の一句を見付けた。川柳にでもしてまぎらわさねばいささかも耐え得なかった、この作者の心のうちが痛いほどよくわかるような気がしたのだった。

（「京都大学医学部二九会報」第一八号、平六、一二）

五　栗本先生と自動車

院長先生がまだお元気だった頃の話である。その頃、先生は自動車の運転免許を取られたばかりであった。誰でもそうだろうが、免許取立ての時分は、とかく人を乗せて走ってみたいものらしい。先生もまたその例に洩れず、私に盛んに乗せてやる乗せてやるとおっしゃっていた。

しかし、私の方はまだまだとても先生の車に乗せてもらうだけの勇気はなかった。いつも、何とかごまかして逃げ回っていた。

ところが、ある日、先生のお供の用事が出来て、町まで先生の車にどうしても乗らなければならぬ破目になってしまった。私を乗せるという日頃の念願が、今日こそかなうという上機嫌の先生とは対照的に、私はいささか不安な面持ちで助手席に坐ってサナトリウムを出発した。

実際、先生の運転は極めて慎重だった。背筋を真っ直ぐに伸ばし、不動の姿勢で、前方を直視しながら、ハンドルを握っておられ、まるで天皇陛下の車のようなのろさで走られるのである。まあ、この調子ならどうということもあるまい、先ずは安心。良い天気であった。「どうだい、うまいもんだろう」と先生は得意げな表情……、「はあ」と気のない返事で相槌を打ちながら、それでも内心はやっぱりびくびくものであった。

そのうち、車は中学校前のT字路にさしかかった。「ここで、方向指示器を出して……」と呟きながら、先生はハンドルを一気に右へ大きく切られた。途端に馬鹿でかい立看板が、ぐっと目の前、フロントガラスにぶつかるようにして現れた。あっと言う間もなく、それを押し倒して急ブレーキ、そしてエンスト。そこはちょうど折悪しく道路工事の真っ最中、無残、たった今、舗装が仕上がったばかりでまだホヤホヤの軟らかいアスファルトの上に私たちの車が乗り上げてしまったのである。

私も迂闊だった。横の先生の運転にばかり気を取られて全く前を見ていなかったのである。さあ、大変。傍で作業をしていた道路工夫の一人が、忽ち、血相を変えて飛んできた。「おいっ！　おっさん（じいさんとは言わなかったことに注意）、このでかい看板が読めへんのか。どうしてくれるんや、この馬鹿もんめが！」今にも運転席のドアをこじ開けて、殴りかからんばかりの剣幕である。さすがの先生も真っ青である。「おいっ！　何してるんや、早くバックせんかい」ガアガア、ギイギイ、ギアをバックに入れようとされるのだが、慌てているので、中々、入らない。やっと入った。先生、窓から後ろを覗きながらアクセルを踏んだ。ところが車は前へ。これはいかん、ギアが誤って前進へ入ってしまった。慌ててブレーキ、又もやエンスト。「おいっ！　免許証持ってんのか、何してんのや、早くせんかい！」ポンポン怒号が飛んで来る。先生の顔から冷や汗がたらたら、私も先生の横でおろおろするばかり。「すみません、すみません」の平謝りで、只、拝み倒すだけである。

前進、後退を、何度か繰り返しはするが、あせればあせるほど、車は言うことを聞いてくれない。すでに、その辺りのアスファルトの表面は、タイヤの跡で目茶苦茶、おまけに車はもう道路の進行方向とは殆ど直角になってしまって、後ろのタイヤが今にも脇の田圃の中に落ち込みそうになっている。《進退ここに谷《きわ》まれり》とは、まさにこのことである。

と、その時、件の道路工夫、さすがに、これは駄目だと諦めたらしい。「ええっ！　もう、ええわ、そのまま、前へ行け、もたもたせずに早く行ってしまえ！」これを聞いた先生、まさに魚が水を得た喩《たと》えのごとく、「オッケー」と、ギアをローにストン。勢い良くアクセルを蒸かし、呆気にとられてポカンとしている工夫の面々へ、真っ黒な煙を吐き捨てて、その軟らかいアスファルトの上を、思い切り車を前へ走り抜けさせた。鍛治屋町のバス停辺りまで来て後ろを振り返ると、二本のタイヤの跡がくっきりと、まるで鉄道線路のように車の後に続いていた。

「やあ！　大変だったな、ハッハッハッ、本当に気の毒したなあ。でも、君、やっぱり前進はいいけど、バックちゅうもんは難しいもんやね」一時はどうなることかと、先生の横で生きた心地もせず、今やっとの思いで、窮地を脱してホッとしている私に向ってまるで他人事のように、ケロリと言ってのけられたのには、全くたまげてしまった。

その後、同じ場所でやはり他の車と接触事故を起こされた時も先生はかすり傷一つ負われず、そして又、何らそのことを気になさる様子もなく、相変わらず平然と、車の運転を続けておられた。

「今年の夏は、裏日本の海岸沿いにずっとドライブしながら、故郷の山形まで帰ろうと思っているんや、君、北陸の方、道はどうかね」「先生、富山県まではよろしいが、それから向うが大変ですよ」こんな問答をも交わしたりしていた。

病気になられる一カ月程前にも、先生は、交通公社で北陸の地図や旅行案内を買ってきて見ておられた。私は、先生が山形までドライブなんて、そんな無茶なことをなさらない方がよいのに、もしものことがあったら大変、だと、心の中でひそかに思った。でも、そうは考えながらも、もし先生が山形まで無事故で自動車で帰られるかどうかという賭けが行われるとしたら、私は、やっぱり何だか先生が何事もなく、見事に？　完走される方に賭けたような気がしてならない。でも、そんな賭けをする必要もなくなってしまった。山形へ帰られる予定だったその頃に、先生は、それよりもっともっと遠い天国へ一人で旅立ってしまわれた。

あの遂には、周りのいかなる人々をも、いつの間にか感化、同化してしまわれた院長先生のふくよかなお人柄も今はもうない。あの自動車の一件もまた、只、懐しく、そしてそれは特に、日頃、何ごとにつけても、ああでもない、こうでもないと、くよくよ思い煩ういささか神経質な私にとっては、何にもまさる大きな教訓の一つになっている。

（『パンパス』第五号、近江兄弟社文芸部、昭四一・一一・一）

六　「風邪と共に去りぬ」考

先頃から問題になっているアンプル入り風邪薬によるショック死事件は、その犠牲者の方たちには、些か酷、かつ誤解を招きかねない言い方かも知れないが我々医者たちから見れば、起こるべくして起こった当然の事件という感じがする。

その原因については、厚生省の薬務行政の怠慢だとか、設備投資過剰に悩む製薬会社の乱売合戦のせいだとか、あるいはマスコミの無責任な宣伝広告によるものだとか、新聞紙上などにもいろいろ取り沙汰されている。

それらについては、今更改めてここで採り上げるつもりはないが、私はもう一つだけ、最も根本的な原因と思われる点について追加指摘しておきたい。つまり患者の病気に際しての受療の在り方、医者に対する認識の仕方の問題である。

今、ある人が風邪のような症状に見舞われたとしよう。その症状が果たして風邪なのかどうか、もし風邪ならばどういう種類のものか、そのまま放っておいてよいのか、もっと詳しく検査の必要があるのか、ひょっとすると命に関わることになりかねないものか、そして又、そのような場合にはどのような対策、処置、治療が最も適当なのか、そう言ったもろもろの事柄は、皆、医者が実際にその人を診察して初めてわかる種類のものである。只一回くらいの診察ではわからぬ場合さえあるやも知れぬ。

そんなことを考えれば、薬屋さんの店頭の薬剤師さん（薬を買いに来た方の身体の状態について、通常、詳しいことは殆どわかり得ない）の奨めた、咳止めも痰の薬も解熱剤も頭痛薬も一緒くたにした、いわゆる万人向き風邪の製剤を、何の危惧も抱かずに服用し、しかも往々にして、余計に服めば服むほど早く、良く効くといった、至極、単純な発想をする無神経な患者側自身の態度をこそ、もっと問題にしてしかるべきであろう。

いったい、患者に対する薬の効き目というものは、万人万様、皆違う。医者は診察してこの複雑な患者の病態、病状を確かめ、それに合わせて薬の種類と量を決める、すなわち処方するのである。

振り返って、現在の日本医療制度を考えてみると、医者の無形の診断技術に対しては、殆ど、その報酬が認められていない。医者は先ず顔色を診、脈に触れ、胸を叩き、聴診器を当て、そしておなかをさわった後に、もしその風邪が大したものでなく放っておいても自然に治ると判断して、薬も出さず注射もしなかったら入ってくる報酬はほんのちょっぴりの初診料だけ。まかり間違えば命にも関わるかも知れぬ人間の病気を診断するのに、散髪代よりも安い料金しか貰えないのである。だから仕方なく、不必要だと思っても薬を使うのである。いわゆる薬を売って、つまり薬屋の内職をして稼がねば保険患者を扱う医者は飯が食って行けないのである。

考えてもみるがよい、譬《たと》え、医者は薬を使っても使わなくても患者を診た場合は、必ずそこに、己の持てるあらゆる医学的智識と技術の経験を洗いざらい出して、その病気と真剣に対決しているのである。医者は伊達や酔狂で患者を裸にしているのではない。それなのに患者の方は、注射でもして貰わねば医者に診て貰った気がしない、もしそれをしなければ、あの医者は不親切で薬もろくに使ってくれないと言う。ここで大切なことは、医者に行って単に薬を貰うことではなく、いったい、薬が要るのか、要らぬのか、要るとすればどのような薬がどれだけ要るのかを、医者に判断して貰うことである。

そして、医者代というのは、当然、この医者の診察料でなければならない筈である。医者がその本職では飯が食えないので、内職の薬屋をして金儲けをしなければならないというのは、何と言っても哀れな話である。もちろん、私は、別に散髪屋や薬屋が医者より低級な仕事だとは決して思わないし、だから診察料を、只、無暗やたらに値上げしろなんて言っているわけではない。現在の医者の診断技術が薬の単なるお添え物的存在に過ぎないという本末転倒の現象を、もう少しよく考えてみてほしいと言っているだけである。

医者の無形の技術をこそ、もう少し高く評価して貰いたいのである。そして更には、具体的な形に表れないものは、ともすれば価値がないと考えがちの、現代社会の風潮をこそ問題にしたいのである。

今年の初め頃は、保険の医療費値上げで、ちょっとした風邪引きぐらいでは患者は医者を訪れなくなったという。ところへ、今度のアンプル禍騒ぎである。少しくらい高くなったとは言え、やはり命には代えられぬ。そこで又、最近は医者の診察室が一杯だと聞く。些か無節操と言うか、現金と言うか、その物の考え方、身の処し方に、私は苦笑せざるを得ない。

しかし、この医療費問題も、今後に予定されている薬代の半額負担や健康保険法改正を巡って、今や国会は大揉めに揉めている。つまらぬアンプル禍によって、あたら一命を風邪と共に喪《うしな》わぬよう、そして又この事件も、尽きるところは日本の医療制度の不合理性に結び付くことに考えを致し、この問題の解決が、いつものごとく政争の具としてうやむやの中に葬り去られて仕舞わぬよう、冬が去って風邪の流行もおさまれば、又、何事もなかったように、いわゆるこの問題の解決もやっぱり「風邪と共に去りぬ」といったことにならぬように切望するものである。

（「週刊サナニュース」第七六〜七八号、近江サナトリアム広報課、昭四〇・二）

七　竹

今のところに引っ越して来てから、家の周りに少し空いた地面が出来た。庭でも作ろうと思ったが、何しろなけなしの金をすっかりはたいた上に、いくらかの借金まで背負い込んでいる身分であってみれば、とてもまともな体裁のものなど望むべくもない。

晴天が続けばものすごい砂埃、それでいて雨でも降れば、忽ちぬかるみになる我が家の周りを眺めて、はてさて暫くは思案投げ首の有様だった。折よく受け持ち患者の一人に、多少、植木をいじっているのがいたので、何か良い知恵はないものかと相談を持ちかけてみた。

ところが庭というものは、それこそ全くもってピンからキリまで、ちょっとした松の姿ものなどになると、一本でも数百万から数千万円もするとの話、そんなものなんぼ逆立ちしてみても、私には手の届く代物ではない。

「何か、金がかからなくて、しかも見栄えのするものはないかな?」「先生、そんなら竹庭が一番よろしゅうおまっせ。余り手入れも要らんし、それに第一、先生くらいの腕前には竹薮が最もお似合いでっせ。春先にもなれば、先生のお友達が、あちこちにょきにょき顔を出して来て賑やかになりますがな」「こいつ、私の患者ほどあって、中々、味なことを言いよる。ようしきた、気に入った。断然それに決めた!」

というような具合で、家の周りに孟宗竹、大名竹、くろちく、そして小熊笹などを植えてみた。真夏の夕暮れ時など、膝までびしょ濡れになりながら水を撒いた後、薄緑色の竹の葉先に水玉の露がキラキラ輝くのを眺めるのは何とも楽しいものである。

さて、一口に竹と言っても、その種類は非常に多く、「マダケ属」「ナリヒラ属」「トラチク属」「シラホチク属」……など、日本のタケ科植物はざっと十四属、六百余種にも上るらしく、一般に広く栽培されている品種だけに限っても、およそ八属、三十種くらいになるそうである。幹に黄金色の班のある「きんめいちく」や、節と節との間が紡錘状に膨らんだ「だいふくちく」や、亀の甲状になった「きっこうちく」のような、変わった品種なども見られ、ひとつ凝り出したら切りがないようである。

ところで、お隣の中国では、昔から竹、梅、蘭、菊の四つを纏めて「四君子」と称し、よく画にも描かれている。例えば十八世紀清朝、乾隆帝時代の文人画家の一人、鄭板橋は好んで墨竹画を描いた。彼はその生涯中、科挙にも合格し一度は官吏としての生活を送ったのだが、後にそれを辞めて揚子江下流北岸の揚州に住みつき、詩や画に自適の余生を過ごしたと聞く。

彼の描いた「墨竹図屏風」をいつかNHKの「日曜美術館」で観たが、その竹の幹の織り成す幾何学的角度と墨の濃淡が醸す光の交錯が渾然一体となって生み出す、何とも言いようのない深みのある立体感に、まさしく今、自分が現実の竹藪の中に立っているような不思議な幻想と錯覚に襲われ、とても強い印象を受けたことは忘れられない。

もちろん、現在の私は彼の優れた詩や思想、芸術などを十分に理解する能力とて到底持ち合わせていないが、何かそれ以来、彼の人生にひどく魅せられて、ひたすら竹藪の中に小居を構え、出来れば表札なども「竹林庵」とでも変えて、静かな瞑想に耽りたいような心境になっていることだけは確かである。

何はともあれ、縁側に腰掛けて、そのすくすく伸びた幹の緑を眺め、梢を渡る風の音に耳を傾けていると、またもや、かの鄭板橋の詩が脳裏に浮かんでくる。

衙斎臥聴蕭蕭竹　疑是民間疾苦声
些少吾曹州県吏　一枝一葉総関情
《衙斎《がさい》　臥して聴く　蕭蕭《しょうしょう》の竹　疑うは是れ　民間　疾苦の声
ささやかなる吾れら　州県の吏　一枝にも一葉にもすべて情を関《か》く》
何事をなすにも、常々、このような先人の心に学びたいものと思っている。
（「京都大学医学部二九会報」第四号、昭五三・一一）

八　俳人西東三鬼さんのこと

以前、新聞紙上で、俳人西東三鬼スパイ説を打ち出した『密告—昭和俳句弾圧事件』の著者が、遺族から事実無根の空論によって故人の名誉が著しく毀損されたとして訴えられているという記事を読んだ。

西東三鬼、明治三十三年、岡山県津山市生まれ。新興俳句運動に参画したが、「京大俳句」にからむ弾圧事件に連座して昭和十五年夏検挙され、一時、俳句を放棄した。戦後、再び、石田波郷らと「現代俳句協会」を創立、更に「天狼」「断崖」を創刊し、又、昭和三十一年から一年間、角川書店の雑誌『俳句』の編集長にもおさまった。

さて、私は昭和三十年、京都大学結核研究所へ入局するとすぐに、教室より派遣されて関西医科大学（旧大阪女子医学専門学校）香里分院内科の結核病棟へ毎週二日間出向いていた。

ちょうどその頃、同病院の歯科部長は斎藤先生と言う方だった。ところが、その先生の腕前、甚だ失礼なことではあるが、院内の評判は余り芳しいものではなかった。口の悪い患者に至っては、「〈サンキ〉に歯を入れてもらうと、大抵二、三日で毀れてしまう」などと言って馬鹿にしている有様だった。赴任したての若造で新米医者の私までが、その風評をすっかり真に受けて、受け持ち患者中の歯の悪い人たちをわざわざ院外の歯医者へ紹介したりさえしていた。

私は勤務時間が少なかったせいもあって、斎藤先生とは直接口を利く機会は殆ど無かった。たまに医局の親睦会などで、医者全員が集まって酒を飲む時、チョビ鬚の先生は決まって大勢の女医さんたちに囲まれて頗るご機嫌だった。この異色の歯科部長斎藤敬直先生こそ、あの有名な俳人西東三鬼翁だったのである。

もちろん、その当時、およそ俳句といった類いのものには何らの興味を持たず関心も無かった私は、まさか斎藤先生がそんな偉い方だとは露知らず全く気が付かなかった。〈サンキ〉と言うのも、多分、単なるあだ名だとばかり思っていた。そして、自分のことなど全く棚に上げっ放しで、彼を藪医者呼ばわりしていた。

昭和三十七年四月初め、この前衛的、近代俳句運動の旗手として数奇な生涯を歩んだ西東三鬼は、胃癌のため、神奈川県葉山の静養先で亡くなった。
西東三鬼がスパイだった筈など、絶対にあり得ない。私にとっての西東三鬼と言えば、それはやっぱり今も、なお、瞼の裏に残っているあの、いくら「サンキ、サンキ……」と患者たちから呼び捨てにされても、いつも、只、黙ってニヤニヤ笑っておられた自由人斎藤先生であり、そして又、ゴルフやダンスのとってもお上手だった趣味の人斎藤先生なのである。

（「京都大学医学部二九会報」第五号、昭五五・一二）

九　紫煙は死煙

かつて作家の三島由紀夫はデビュー作『煙草』で、主人公が噎《むせ》びながら口にする一本の紙巻煙草からの紫煙のたなびきにいみじくもなぞらえて、そのひ弱な少年が憧れる大人たちの背徳の世界に向って揺れ動く不安と恍惚の心理を見事に描いてみせてくれた。

従来、煙草を喫むのはその健康上の理由は一応さておくとしても、世間ではどちらかと言うと悪徳不良の行為に入るものと看做されてきた感がある。

この考えは、煙草が日本へ渡来した古の歴史を振り返ることによって、又一層よく理解出来よう。なぜなら、遠く元亀・天正から慶長の頃、東南アジアや南支那海よりの南蛮文化の最先端に直接交渉のあった船乗りや、港町の女郎衆たちの間で先ず拡がった我が国の喫煙の風習は、その後、主としてそれが火事と喧嘩の源となる故からの度重なる江戸幕府の禁令布告にも関わらず、各地の遊治郎やカブキ者と称した不良無頼グループ、侠客連中を通じて急速に流行し始め、戦国風雲の記憶も次第に薄らぎ豪華絢爛たる太平の世が訪れた元禄の頃には、取締りの弛みも手伝って遂に上下貴賎の別なく日常の生活に深く浸淫するに至ってしまったからである。

今日、浮世絵などに見られる長い煙管を銜《くわ》えた粋な伊達男や遊女たちの艶姿《あですがた》は、当時の喫煙風俗を如実に物語っている。

そのような時期にあった宝永六年、かの『養生訓』で有名な貝原益軒は、みずから編んだ大著『大和本草』巻之六「烟花」の項で、中国書『本草洞詮』を引きながら煙草の功罪を次のように説明している。

味辛気温有毒治寒湿痺消胸中痞隔痰塞開
経絡結滞（中略）烟入胃中頃刻而周於身
不循常度而有駃疾之勢是以気道頓開通
体但快然火与元気不両立一勝則一負人之
元気豈堪此邪火終日薫灼乎勢必真気日衰
陰血日涸暗損天年人不覚耳

この意味は、さしずめ「辛く暖かい毒気のある煙草を喫むと、寒さをしのぎ、胸のつかえや痰の塞がりを取り除いて道筋の滞りを開くが、……煙が胃の中に入る頃は、忽ち全身に普通のペース以上の疾駆の勢で駆け回る。それ故に気道が急に開いて体中に爽快感を覚えるが、通常の精気はこの邪気の燻《くすぶ》り灼《や》く力に耐えられず、体力日々に衰え、血液又日毎に枯れ、いずれ寿命を損うことになるのだが、人はこれに気付かないだけ」とでも言うことになろうか。

思うに十五世紀末、この煙草とともにコロンブスによって新大陸からもたらされて、たちまち全世界を席捲した享楽と頽廃の脂粉の匂い漂う招かれざる文明病・梅毒に対しては、すでにその治療と予防にほぼ成功した現在、次の目標は当然その相棒で同じく人類の心身を蝕む陶酔と魅惑の元凶、紫煙の追放でなければならない。

昨今、喫煙の人体に及ぼす甚大な害悪が科学的に証明され、非喫煙者の嫌煙権の声も高まり、世界の潮流は大きく禁煙の方向にうねり出している。

紫煙の魅力の陰にひそむ死煙の魔力に打ち克つべく、更に真摯な努力を傾けるべきであろう。

（『Ｍｅｄｉｃｉｎａ』〈天地人〉第二一巻第一〇号、医学書院、昭五九・一〇・一〇）

一〇 機械と人間

某新聞紙上に、アメリカの自動車工場でロボットの誤作動により死亡した従業員が、そのロボットメーカーを相手取った裁判で、異例の高額賠償を認める判決を勝ち取った由の記事があった。

作今、電子工学の目覚しい進歩発展によって、いわゆる機械的な決まりきった作業は言うに及ばず、ある程度予測された動作、工程に対しては精密な予知能力と調整機能を持った機械設備が、人間の労働を大幅に代行してくれるようになってきた。ロボットの出現である。

人っ子一人いない真夜中の広い工場内で、一寸の狂いも、一秒の違いもなく確実に、しかも絶え間なく動き続けるロボットは決して文句も言わないし、賃上げの要求もしない。それでいて人間の十倍も二十倍もの仕事量を、あっという間にやりこなしてしまう。人間にやらせれば、やれ腰が痛いの、手足が痺れるの、などと不平不満は必定である。

個性を持った多くの人間を相手にして、下手に気を使っているより、単純作業の場合には、いっその事、物言わぬ機械だけを頼りに仕事をこなす方が能率は上がるし、精神衛生の面からもなんぼか良さそうに思えてくる。機械優先の思想が生まれ、人間無視の風潮がはびこる所以である。たしかに精巧かつ便利であり、能率万能、利潤第一主義だけで突っ走ればロボット様様である。

しかしやっぱりそれでは何かおかしいのであり、どこか間違っているのである。早い話、近頃流行のオフィス・オートメーションの花形ビデオ・ディスプレイ・ターミナル操作業務者に現れる視力障害や頚肩腕症候群の数の、極めて異常な増加は明らかに機械の急激な速度の変化について行けない人間の身体の苛立ちを、いみじくも象徴しているような気がしてならない。

冒頭のアメリカの裁判に出廷した環境工学の専門家は「機械は、それを扱う人間のことを考えて製作されなければならぬ」と証言したという。人間の過重労働や、単調な繰り返し作業を肩代わりするために案出された機械は、一見、人間のためを思って造られているようではある。が、しかし、ともすればその機械の馬鹿力にやがて本家本元の人間が振り回され、薙ぎ倒されるようなことにもなりかねない。

そしてこのようなことは、又、医学の各領域においても同然であろう。最近の高度の医療機器設備の導入は、医療作業の従事担当者にはもちろんであるが、その扱う対象が殆ど病める患者である故にその肉体、精神両面に於いて更に一層深刻な問題を多岐に亘って孕んでいると言えよう。

機械と人間、そのどちらが、どれだけ、どのような利潤を上げ、はたまた障害を生むか？　が、今や我々にとって最大の課題であり、人間対人間の関係に加えて、更に人間対機械の相互関係樹立への多大な努力が、焦眉の重点目標として浮かび上がって来ているのではなかろうか。

（「京都大学医学部二九会報」第八号、昭五八・一一）

二　車会社と車社会の若者たち

暑くなると、毎年、決まって現場従業員の、それも比較的若い人たちが、しんどいとか辛いとか言って、よく私どもの診療所へやって来る。休み明けの午前中など、特にその傾向が強い。

診察しても別段変わった所見があるわけではないが、よく聞いてみると彼らは殆ど朝飯を食べていない。従業員食堂の昼飯も不味いからと言って半分も食べない。それでは腹がへるだろうと問えば、缶ジュースを飲んでスナック菓子を食べていると答える。真夏など清涼飲料を一リットルも二リットルも飲み、インスタント・ラーメンが好きだから、夜はそれだけですます時もあるという。

とにかく最近の若者たちの食生活の貧困さと、健康への意識の低さ、無頓着さ加減には、只々、愕然としてしまう。保健婦を初め、看護婦、現場の上司らと、いろいろ工夫協力して、食事はもちろん、生活一般の指導を、極力、すすめはするが、何しろ余り私生活に踏み込み口出しするのはどうしても限界がある。

十分な睡眠とバランスのとれた食事で、明日の仕事に備えるということよりは、今時の若者の興味と関心は、専ら、可愛い女の子を横に乗せて、恰好いい車を思いっ切りぶっ飛ばす方に向いている。中には、日曜日など夜中から明け方迄、あちこち走り回ってろくに寝もしないで、朝、そのまま出勤してくる者さえある始末である。秒読みのハードなライン作業などまともに勤まる筈がない。

ところで、人が車に乗るということは、何か性的な概念に関連しているのではないだろうか。スピード、スマート、一定の限られたスペース、そして時にセックス、現代の車が併せ持っているこれら三～四Sの特性は、昔ながらの道行きにも似た移動する愛の空間として、人間の根源的な欲望に結び付いているような気がしないでもない。ちなみに、戦時中は、セックス、スクリーン、スポーツの三Sが享楽主義の代表として、ものすごく白眼視されたものである。

交通渋滞、大気汚染、騒音、あるいは外に対して貿易摩擦など、多くの隘路を抱えながらも、一向に翳りを見せない車の生産台数増加理由の一つも、どうやらこの辺りにあるように思えてならない。
自動車会社の産業医として職場の労働安全衛生管理に携りながら、若者たちの生活実態を通して車社会のもたらす相半ばする功罪に複雑な思いを馳せ、インスタント食品礼讃の彼らの即興的なドライブ遊びが、せめて死の道行きにだけは繋がらないように願っている昨今である。

（『労働衛生』第三〇巻第八号、中央労働災害防止協会、平元・八・一）

一二　豊後橋今昔

朝夕、出退勤のたびに通る豊後橋界隈は、現在、京都と奈良、大阪を結ぶ国道とそのバイパスが交錯し、ひっきりなしに車が行き交って、終日、騒音が絶えない交通の要衝である。

が、ちょっと脇道にそれると、付近は今も尚、あの幕末の風雲児・坂本龍馬が常宿にしていた旅篭屋「寺田屋」が、昔そのままの船宿の面影を残していたり、また時に、浪曲「森の石松」で有名な三十石船を復元した淀川下りの観光屋形船がのどかに川面に浮かんでいたりして、いまだにどことなく和やかな古都伏見の情趣が漂う風景を眺めることが出来る。

さて、この豊後橋、一名観月橋のたもとを少し西に寄った川べり一帯はその地名を平戸と称し、江戸時代に伏水（見）刑場があった場所である。天明三年、京都の医師・橘南《たちばななん》谿《けい》は、彼の師・小石元俊《こいしげんしゅん》指導のもとに、この地で伏見奉行より下げ渡された刑死者の解剖を行い、その剖検記録を『平次郎臓図』として纏めている。

南谿が刑死者を要請した当時の伏見奉行・小堀政方は、茶道、造園築庭の名家・小堀遠州の子孫である。『平次郎臓図』序文で、小石元俊は「公亦其志其請に誠ありて、而して其事其道に益有るを知る也。天明癸卯夏六月二十五日、処刑者有り。乃ち其屍を賜い……吾輩今宿志遂ぐるを得。……是皆公之仁徳」と政方を評し、実証医学の理解者としての先見の明に多大の賛辞を呈している。しかるに数年後、この政方は侍医・水島幸庵の諫止をも聞き容れぬほどの暴政を重ねた挙句、それを怒った伏見義民らの江戸幕府への直訴の結果、罷免、領地没収されてしまっている。

医学史研究家・杉立義一氏に依れば、この伏見町人一揆の模様を記した『雨中之鑵子』で、政方の罪状二十一カ条中に罪人平次郎を医師の願いにより解剖させた件が挙げられているという。即ち、当時の町民は貧乏ゆえに已むなく盗みを働いたに過ぎぬ同郷伏見の住民を死罪にした上、活物の療病に無益な死物の開臓を許した政方の方こそ言語道断の重罪に値するもの、と決め付けたのである。しかし、後世、この解屍のもたらした医学への計り知れない寄与は言うまでもなかろう。

翻って昨今、メジカル・エレクトロニクスやバイオケミストリーなどの目覚しい発展に伴い、医学の進歩と人類の幸福は生命科学にとって揺るがすことの出来ない大命題となってきている。体外受精、遺伝子組み換え、臓器移植、脳死などの諸問題は、そのいずれを採り上げても、皆、生命現象の根源に関わるものばかりで、人間の尊厳や幸福とは毫も切り離し得ない重大な意味を包含している。

思うに科学技術の推進は、決して専門有識者のみに委ねられたままの独走を許されるべきものではない。されば医師たるものも又、この際、当然、自然科学者としての卓越した予見洞察性を持つとともに、すべからく人間としての倫理道徳観に徹し、身辺を常に清潔に保ち、いたずらに顰蹙《ひんしゅく》疑惑を招くがごとき行動は避け、少なくとも個人の利害得失に繋がる抜け駆け的功名心に逸《はや》る先陣争いは慎み、広く社会慣行や一般世論にも謙虚に耳を傾け、進んでコンセンサスを得るように努力すべきであろう。

その意味で、豊後橋のたもとに於ける江戸期の解屍事件の際、町奉行及び医師と伏見義民との間に起こった意見の対立相克は、いみじくも二百年後の現代の医学と人間の抱える難問題に対して、歴史が与えた極めて恰好の忠告と教訓であるように思われる。

（『Ｍｅｄｉｃｉｎａ』〈天地人〉第二一巻第八号、昭五九・八・一〇）

一三　葡萄酒と梅の実

かつて一年余りにわたって放映されたＮＨＫテレビの特集「ルーブル美術館」シリーズを観ていて、つくづく思った。有史以来、人類はよくもこんな素晴らしい文明を創り上げてきたものだとの感慨もひとしおであった。

エジプト、メソポタミア、ギリシャ、ペルシャ、ローマ……等々、それに東洋の中国やインド、東南アジアや、更に中南米のマヤ、インカなど、古代から中世に至る数々の石造建築物と美術品には、今日、全く驚異の目を見張らされる。

と同時に、これら偉大な文化文明創造の陰に隠され、裏に秘められた幾多の王朝、国家の栄枯盛衰、浮沈興亡、殊に被統治征服者である底辺民衆の血と汗と涙の歴史の跡にも又、大いに心の揺れを感じさせられるものがある。

最近、たまたま、産業性呼吸器疾患の歴史について、少し調べる機会があった。

ヘロドトスに依れば、エジプトの平均的なピラミッド一つを創るのに、年に三カ月の農閑期を利用して延十万人の使役人が、材料の石切りとその運び出しに二十年、本体の建造に二十年の都合四十年を要したという。あの暑く乾いた砂漠の岩石と土砂に埋もれた作業場に於ける粉塵環境の苛酷さは容易に想像出来る。多数の珪肺症患者の発生は必至であったろう。が、骨にカリエス変化を残す結核性疾患などとは違って、今のところ古代エジプトに起こったと考えられる粉塵障害を証拠立てる手懸かりは何も見当たらない。

我が国では、奈良天平期の大仏鋳造に、当時、智識と称されていた四十二万人の技術者と、そのほぼ五倍に及ぶ二百十八万人の役夫との合計二百六十万人の労働者が動員され、約二十五年の歳月が費やされた。

先ず、木材を組み立てた大まかな骨組みの上に粘土、砂を塗り固めて塑像を造った後、更にその表面に粘土を塗って乾かし、持ち運び出来る大きさに仕切って取り外して焼き固める。一方、もとの塑像表面を一定の厚さだけ削り、先に取り外した外型を元のようにセットする。その隙間に、銅と錫の地金と炭を入れた古式炉で溶かした溶湯を流し込む。予め周囲に土手を築き、この工程で鋳込みを続けながら八回に分けて下から順次に積み上げていって、最後に外の鋳型を外したのである。開眼供養と前後して、大仏殿内では仏像表面に金アマルガム法で塗金が施されたと言われる。

それ故に、土砂石による塵肺症、銅、水銀など重金属や砒素の中毒をはじめ、近隣の山林原野の大量伐採や大気と河川の水質汚染、人口の急激な集中による大規模な環境公害が、この鋳造作業に直接従事した労働者たちはもちろん、恐らく付近一帯の住民までをも含めて広範囲に襲ったと考えられる。

元奈良国立文化財研究所員杉山二郎氏も又、ごく最近の著書で、このことがたった七十年しか経ていない平城京から、急遽、長岡京、平安京への遷都を余儀なくせざるを得なかった原因の一つだとの大胆な仮説まで提示しておられる。

ところで、労働衛生に関する世界最初の記載は一四七三年、オーストリアのエレンボクによってなされた。近世初期の鉱山学の創始者であったパラケルススやアグリコラに遡ること約八十年も前のことである。わずか八ページばかりの小冊子で、今から見れば、その内容たるやまことに稚拙極まりないものではあるが、重金属類などの精錬に伴う有害危険性を初めて指摘した功績は評価せねばなるまい。例えば石炭を燃やしたり、銅や金銀を精錬する時に出る煙や蒸気は有毒であるから、屋内では出来る限り窓を開けるか、戸外でやる方がよいと述べ、又とりわけ面白いことには、これら蒸気に白い薔薇の香水や葡萄酒を振り掛けたり、あるいは榛《はしばみ》の実や花薄荷《はっか》、ヘンルーダ水やにがよもぎ酒を口に含んでおれば、その害毒を抑えることが出来ると説いている。

日本でも江戸時代、石見銀山の「坑毒」について調査した備中笠岡の医師・宮太柱《みやたちゅう》は、彼の著書『済世卑言』中に、その予防法として福（覆）面をつけ、梅干しを舐めることを奨励しているし、生野銀山の「煙毒」対策として勘定奉行井上備前守も、やはり梅肉の使用を指示し、地元の有力者や資産家に梅の木の栽培を割当て、梅の実の寄付を命じ、加えて出坑時の坑夫には濁酒を与えるよう通達を出している。

察するに、これらはいずれも重篤な呼吸機能不全に基づく高炭酸ガス血症によるアチドーシスに対する処置であろうが、もとより根本的治療法には程遠いものである。しかし、当世、巷に大流行の黒酢、玄米酢などによる万能健康法にも一脈相通じるものであり、古今東西、人間の考え方に余り変わりがないのは甚だ興味深い。

人の身体の構造やエネルギー発生のメカニズムそのものには何の変わりもないのだから、これも又けだし当然だろう。

（「京都大学医学部二九会報」第一〇号、昭六一・一二）

一四　初老の手習い

初老の年代に差し掛かると、何かにつけて筆で字を書かされる機会が増えてくる。もっとも私はあくまで書かされるのであって、決して書くのではない。何も好き好んでいとも無様な文字を人目に曝したくもない故、自ら進んで苦手な筆を取ることなど滅多にないからである。

例えば結婚披露宴や各種記念祝賀パーティ、あるいは葬祭告別式会場の入り口受付けの神妙に控える幾人もの正装の係員の面前では、思わず緊張して手元も震えがち、おまけに運悪く既に記帳されている字が余りにも達筆過ぎたりすると、己の下手さ加減がなお一層目立つ破目になり、顔から火の出る思いに襲われることも両、三度である。

更に厄介なのは、知人、友人の送別・転勤時などの色紙へのサイン。単に名前だけでなく、ぜひ何か一言を、と突然に無理な注文を出されると、こちらは平素から自分のことだけでさえ精一杯、とても人様に教えを垂れ得る程の見識や教養は微塵も持ち合わせていないから、およそ気の利いた座右の銘や処世訓といった金言名句の類はおいそれと頭に浮かぶ筈もない。勢いいつも恥のかきっ放しである。

思えば昔の人たちは、実に字がうまかった。もっともあの時代は、筆記用具と言えば専ら筆と墨だけ、その上、寺子屋で使う手習いの本自体が算術や道徳の教科書、子供たちは、只、それを読むだけではなく、むしろ同時に必ず一字一句ずつ筆で丁寧に書き写すことにより、知識や躾を身に着けていったというから、どだい我々とは年季の入れ方が違うわけである。

ごく最近の新聞記事にあった、自分で悪筆を恥じて自ら筆を絶ったという大隈重信侯の字だって、特別うまくはないにしても、決してどうにもならぬものでもない。どう見たって平均水準を遥かに越えていると思う。

いずれにしても、何とか少しでも字が上手になりたい一心で、柄にもなく今夏は書道の練習に取り組むことにした。とは言っても、最初はごくお手軽に勤務先の自己啓発研修スケジュールに便乗、とりあえずは通信教育の習字入門講座から始めることにした。

けれどもそれが、毎日少なくとも一時間以上のきっちり決められた宿題コースをこなさねばならない。実際には意外と稽古のための静かな落ち着いた時間が取れないもので、いつの間にやら一日抜け、二日抜けして、遂には週に一度だけ、それもやっと三十分からせいぜい一時間足らずのなまくらな仕儀に相成ってしまった。おかげで進歩上達殆ど叶わず、いまだに下手くそで全く見るに耐えないようないろは四十八文字を、いたずらに紙の上に書き撲っては、その余りの醜悪さに、我ながら呆れ果てて返っている始末。加えて家人たちの何とも言いようのない侮蔑と憐憫の眼差しに曝されて冷や汗三斗、今のところ一種の消夏法の効用だけは、まあまあ有りそうな気がしている次第である。

（昭六三・八）

一五　読むということ

私はどちらかと言えば本を読むことが好きなので、人よりは比較的余計に字を知っていて、読んだり書いたり出来る方だと思っていた。

もちん、年齢を重ねると、物忘れがひどくなることは已むを得ない。この頃は漢字など、平素、余り使わないものは、いざ書くとなると細かい字画を思い出せず、時に難渋する。

読むことは、一応、出来ても、書けなくなった字が何と多いことか。

ところが、その、読むことに関しての私の自負も又あんまり当てにならないことに気付いて愕然とした。他でもない、昨年出版した自著を、盲人用ライブラリーのテープに収録する朗読のためにボランティアの方が見えて、文章中の読み方のわからない部分を所々教えてほしいと頼まれたからである。自分で書いた本なので、当然、初めから終りまで一字一句完全にわかっているつもりだった。ところがさにあらず、実際に読み方を人に教えようとすると、わからない箇所が随分、あちこちに出て来た。

先ず、人名、地名その他の固有名詞、その読み方のあやふやなものがたくさんあった。歴史的にはっきりしているものや、有名なものは少しも問題はない。困るのは一般世間でも殆ど名の通らぬ、資料にも載っていないようなものである。そんな場合は、中々、正しいことが確かめられない。恐らくそうだろうと一人合点していることが、案外、多いのである。だから他の読み方の可能性を問われると、待てよということになって立ち往生してしまうこともしばしばだった。次に、自分では確かにわかって読めている筈なのに、さて声を出して読もうとすると、はたとそれが出来なくなってしまう字が意外とあった。

元来、「読む」という語句を辞典で調べると、①文章・詩歌・経文などを声を立てて唱える②文字・文章を見てその内容を理解する、の二つの意味が載っている。即ち、読むという言葉は、文字の恩恵を学び知るずっと以前からあり、書を読む他、数取りや暗唱（誦）など、頗る多義にわたって使われて来たのである。

日常、私たちは本や雑誌、新聞あるいは仕事上の書類なども、特別の場合を除けば、一般に声を出して音読することは滅多にない。主に字面を辿って、その文章の内容や意味を全く無意識、反射的に理解する黙読に頼っている。譬えわからない語句や、読めない字が一つ、二つあったとしても、その文章の前後関係から、大抵は適当に判断を付けているのである。つまり、私の場合もご多分に洩れず、「読む」の意味は、先に挙げた②の方に、より力点が掛かっていたというわけである。

更に又たまにではあったが、とんでもない誤った読み方を正しいものと信じ込んでいた字も見付かった。先入観とは恐ろしいものである。

とにかく書くことはもちろんだが、読むことにおいてさえも、自覚しているその程度を遥かに超えた極めて曖昧な己の知識の底の浅さを、嫌というほど知らされた一幕であった。

受験教育万能の今の学校にあって、国語の授業など果たしてどのようになっているのだろうか。一向に意味もわからないまま、何回も只がむしゃらに、教科書を大きな声で音読させられた小学校時代の昔が懐しい。

（『医家芸術』第三三巻第七号、日本医家芸術クラブ、平元・七・一）

一六　浪費と節約

イラクのクウェート侵攻に端を発する中東地域の紛争に伴い、輸入原油量の削減が予想されるに及んで、またぞろ省エネなどの言葉があちこちで囁かれ始めている。

ここ数年来ない今夏の暑さの真っ最中に、取って付けたようにいきなりクーラーの作動時間を短縮したり、仕事だけは忙しい目をさせておきながら、急に夜間の残業や休日出勤を制限してみたりの騒ぎである。平素は世の中こぞって消費は最大の美徳とばかり囃し立てるくせに、その現金さと些か泥縄式のやり方は、現代の金満日本の無節操、無思想振りをはしなくも露呈していると言ってよかろう。

裏の白い紙はなるべく再利用して使いましょう、書類の数は出来るだけ減らしましょう、などの掛け声は事務処理のOA化、FA化で一気に吹っ飛んでしまった。今や部屋の中や机の上はまさに紙の洪水である。昭和一桁世代に属する貧乏性の私ごときは、少しぐらい見辛くてもコンピュータ画面だけで何とか判断出来る場合は、極力、プリントアウトを控えたり、ワープロの試し刷りは使い古しの紙の裏を利用したりするのだが、若い人たちは決してそんな面倒なことはしない。真っ白な更紙をふんだんに使って、それもちょっと失敗すれば直ぐ平気で屑籠に放り込んでしまう。コピーなど小さい規格の用紙で十分間に合う時でも、一々、取り替えるのが邪魔臭いと言って大きなもののままですませてしまう。とにかくOA機器の傍の屑籠はいつも、余白が一杯残ってまだまだ使えそうな紙で埋まっている。まことに勿体ない限りである。

ほんの少しでも部屋を空ける際には必ず電灯を消す、食堂で昼飯を食う時は最後の飯の一粒まできれいに浚えて決して残さないなどは、戦中・戦後の食料や物資不足の時代を嫌というほど経験した私の身にしっかり沁み込んだ悲しいまでの習性である。

以前、職場の定期検診で余り肥満者が多く、それに食堂で毎日の残飯量もかなり出るので、保健・厚生の担当者に〝昼のどんぶりのご飯量を試みに大、小二種類作ってみたらどうか〟と進言したら〝余るのは一向に構わない、足らないのこそ問題ではないか〟とたちまち軽く一蹴されてしまった。米輸入化自由論や食料自給・安保論も全く何処吹く風の有様である。譬え誰もいない部屋にいくつも煌々と電灯が点けっ放してあっても、下手に口出ししようものなら〝またオジン臭い、年寄りじみたことを抜かす〟と反論されるのが落ちである、が、やっぱりどこかがおかしい。

この中東戦争を機会に、単にその場限りのおざなり省エネ対策ではない、もっと根本的な資源の節約と有効な活用に基づいた消費生活の在り方を、私たちはじっくり考えてみる必要があるのではなかろうか。

（「京都大学医学部二九会報」第一三号、平二・一二）

一七　愚見愚考

一夕、ある会合で作家・石上玄一郎氏を囲んで、いろいろ話を伺う機会があった。

氏は、かつて旧制弘前高等学校新聞雑誌部長で社会科学研究会会員でもあったが、当時、校長の公金横領事件糾弾のストライキを指導した中心人物として放校処分を喰らった。以後、あちこち転々と放浪、次第に左翼運動の第一線からも遠ざかり、一時は中国の上海に在留した。戦後、帰国して地道な執筆活動に専念するようになった。その作品は、合理主義に基づく近代科学と宗教思想や精神性との相克や相関をテーマに取り上げたものが多い。

太平洋戦争の真っ只中の昭和十七年十月、雑誌『中央公論』に発表した「精神病学教室」は、医学と人間性の問題を扱ったもの、物語の筋は精神医学の先端に携る若い医学徒のモラルと患者の人権の絡み合いを主軸にして、安楽死や終末期病状の告知、実験的医療の臨床応用への是非に対する執拗な問い掛けが全篇に展開されている。驚くべき新鮮な今日的意義が感じられる野心作であり、今更のごとく氏の優れた未来への予見洞察性と、時代を超越した普遍的な問題意識に敬服せざるを得ない。

尚、氏は弘高時代の同期生だった津島修治、つまり後の作家・太宰治との交友の有様と、その背景にあった昭和初期における疾風怒涛の左翼主義運動について回想した著書をも刊行されている。作家以前の太宰像を知る上では又とない好個の資料的読物と言ってよかろう。

当夜の席上では、宗教や哲学、思想、文学、芸術と科学技術の関係などに議論が弾んだが、挙句の果てにひょんなことで、石上氏の苗字の呼び方が、《イソノカミ》と《イシガミ》との何れが本当なのかに話題が脱線した。

一般に、石上氏の素性、経歴を十分に知悉《ちしつ》した人や間柄の者は《イソノカミ》派、余り知らない人たちは《イシガミ》派の傾向と思われがち？　だが、この際、皆で思い切ってご本人にその真偽を尋ねてみることになった。

答えは意外、〝《イシガミ》が正しいのです。誰もが勝手に《イソノカミ》さんと呼ぶので、一々訂正するのも面倒で、そのままにしております。東北の福島県相馬市には石上《イシガミ》の地名があるが、関西では奈良県に石上神宮《イソノカミジングウ》があります。元来、《イソノカミ》姓は、古代の物部氏の一族から出ており、こちらの方が格が上等なので、皆そう思っているらしいが、私は東北出身だから《イシガミ》と呼ぶのが正しいのです〟と言うことだった。

ついでだが、太宰治が、文学の師と仰いだとされる文壇の長老・井伏鱒二氏の苗字も、実は《イブシ》と言うのがどうやら本当らしい。氏の故郷である広島県福山市の加茂在では、昔から《イブセ》と言う家は一軒もなく、《イブシ》姓ならたくさんあるという。

それ故、郷里の本家ご当主も「《イブシ》という呼び名は方言でも何でもなく、山伏の《ブシ》に相当し、私どもは代々《イブシ》家を名乗っております。伯父の鱒二が何故か《イブシ》が間違いで、《イブセ》が正しいのだと言い張り、困ったものです」と言っておられるそうである。

世の中では常識とされ、自明の理と思われているような事柄にも案外と誤っていることが多いものらしい。根も葉もない虚構が、いつの間にやら大手を振ってまかり通っていたり、あるいは理由があって故意に真相が隠された結果、全く違ったふうに信じ込まれていたりするなど、その状況も様々だが、とにかく目の前にあってさえ、容易に気が付かないような事柄も割りに多いのである。

石上氏の自伝小説に『乾闥婆城《けんだつばじょう》』というのがある。この一風変わった難しい題名は梵語に由来し、蜃気楼を指す言葉だとか。実際には存在しないものに囚われる心に譬えられるという。

はてさて悠久の天地、広大な宇宙空間の場にあって、ちっぽけな人間が真理追求に挑む過程は、それが未知の最新領域への探索であれ、足下の既知事実の再検証であれ、常に謙虚で真摯でなければならないし、はたまたあらゆる言動には、すべからく明確な責任を堅持し、決して敬虔の念を忘れるべきではなかろう。

しかし、昨今、馬齢を重ねるに従って、それは言うべく甚だ易くして、行うべく極めて困難であることを、益々骨身に沁みて感じている次第である。

（昭六一・七）

一八　S君を偲ぶ

S君の訃報を受け取った夜は、京都の冬の底冷えも一段と厳しかったように覚えている。彼とは旧制高等学校入学時以来の親友だった。

〝オラはオツムに自信ないけに、やっぱり蝦夷ガ島行きだちゃ。お前はどうせ医者になるがやろが、まあせいぜい頑張られ。そしてたまには……〟

後は、只、言葉を濁していたが、彼の言いたいことは十分わかっていた。

戦前から戦後直ぐにかけ、当時の裏日本一帯に広く浸淫していた結核の病魔に、彼の家系も又しっかりと取り付かれていたのである。それでも何とか三年が無事に過ぎ、彼は北海道大学農学部へ、私は京都大学医学部へ進学した。それぞれ互いに暇を作っては、札幌と京都を訪ね合ったりもしていた。

しかし彼の体調は決して良いものではなく、大学在学中には夏休みを利用して休養がてら暫く故郷で入院生活を送ったりもしていた。見舞いに行くと、案外、元気で札幌市の歓楽街「すすき野」での武勇談を語ったかと思えば、一転して大雪山で熊に追っかけられた話を聞かせてくれたりもした。

それが、突然、故郷の消印で一枚の葉書を寄越したのである。

〝今度思い立って肺の手術をすることに決めた。ひょっとしたらお前に会いに行くかも知れないから、出来るだけ枕もとをきれいにして待っておれ。〟と、頗る冗談とも何とも判断に苦しむような文面だった。〝例の悪い癖がまた出たな〟と余り気にも留めないでいたが、一抹の不安はあった。

昭和二十年代の後半、北陸の田舎町で一番大きい病院とは言え、肺切除の出来る医者はまだいなかった。適応症例が出れば、東京から肺外科の専門医がわざわざ出張して来て、執刀したものだった。

予感は的中した。往時のことを今、とやかくあげつらうつもりはないが、慣れないスタッフと設備とを使って、いまだ創生期にあった肺切除という大手術を手懸けるには、やっぱりかなりの危険なアクシデントの発生は避け難かったかとも思われる。術後の症状急変により彼は呆気なく逝ってしまった。

宿痾の克服を目指して闘いつつ、短い青春をアッと言う間に駆け抜けて逝ったS君は、その生涯の最期の一瞬に当たって、きっとこの不甲斐ない怠惰な親友に向って彼なりの方法で、些かの叱責と激励の意を込めたメッセージを送ってくれたものと心得る。

やがて卒業、一年間のインターンを終えた私は、毫もためらうことなく、大学付属の結核研究所の門を叩いたのであった。

(「財団法人結核予防会京都府支部創立五十周年記念文集〈思い出〉」、結核予防会京都府支部、平二・三)

一九　お吉論議

近松門左衛門の世話物浄瑠璃の一つに『女殺油地獄』がある。放蕩無頼の若者が近所に住む油屋の女房・お吉に懸想した挙句に殺してしまう物語であるが、その殺しの場面描写がとりわけ凄惨残酷なことで有名なものである。

最近、ある必要に迫られて、この物語について人と語り合っていた際、私は何の気なしにこの女主人公の名前をお吉《よし》と呼んだのだが、相手はそれをお吉《きち》ではないのか？　と質問してきた。

そう言われてみると、実際のところ全く自信がない。比較的名の通った芝居なのだが、案外、簡単に考え、一々そこまで意識して吟味していなかったのである。

いったいどちらが正しいのだろうか？　改めて文献資料に当ってみた。

先ず本家本元の近松全集刊行会編集の「近松全集」や日本古典文学大系中『近松浄瑠璃

集』の本文ではお吉にルビは振られていない。次に専門家の解説書や、評論、研究書を片っ端から調べてみた。果たしてルビのないもの、あってもお吉《よし》となっているもの、お吉《きち》となっているものなどいろいろであった。結局のところ、調べた範囲内に関する限り、お吉《よし》、お吉《きち》の数はちょうど半々であり、勝負は痛み分けということになった。

しかし近松浄瑠璃の醍醐味は、何と言ってもその日本古来の懸詞・類語の類をふんだんに駆使して語られる言葉の美しさにある。

されば『女殺油地獄』の本文にある件の一節「……見返る人も、子持とは見ぬ花盛、吉野の吉の字を取ってお吉とは誰が名付けけん……」から考えて、私はやはりどうしてもお吉《よし》の方に軍配を上げたいのだが、いかがなものであろうか。泉下の近松門左衛門先生ご本人の流麗な語りの名調子をこそ、是非にも聞きたい思いがすることしきりである。

（「京都大学医学部二九会報」第一五号、平三・一二）

二〇　真夏の日の夢

一昨年の本会報に、中井学兄が「自然真営道」の創始提唱者である安藤昌益について書いておられたが、この江戸時代の独創的思想家・安藤昌益を、初めて発掘、世に紹介した人に狩野亨吉という方がおられる。

伝記によれば、狩野は安藤と同じ秋田県大館市出身。東京帝国大学で数学、哲学を学んだ後、第四及び第五高等学校の教頭、第一高等学校の校長を経て京都帝国大学文科大学長を二年だけ務めている。秋田師範学校卒業のみの同郷人・内藤湖南や、作家の幸田露伴を教授に抜擢、招請したことで、学歴、職歴を重視した文部省との折り合いが悪化、嫌気がさした挙句、自ら辞職願いを出したらしい。以後、株や会社経営にも手を出したが、概ね失敗続きだった。

彼は夏目漱石、西田幾太郎、岩波茂雄など、当時の錚錚たる多くの智識人たちとも親しく、学問的にも人物面でも極めて高く評価されていたが、何しろ徹底した唯物合理主義者で、他律的規範や不自由な社会的束縛とはどうも肌が合わず、その後の半生を路地裏の一市井人として過ごし、勝手気侭な遊民的隠者の生活に甘んじた。古物・骨董漁りを趣味とし、無類の猟書家でもあり、あらゆる古今東西、和漢洋の文献資料収集に、私財のすべてを投入して少しも惜しむところがなかった。

死後、その蔵書中に混じって、夥しい量の春画が発見されたことも、彼の一筋縄では行かない変人、奇人振りを如実に示すものであろう。勿論、この無頼かつ奇想天外にして破茶目茶な彼の生涯は、その能力や、勇気から言っても、到底、そんじょそこらの凡人どもが、毫も真似の出来るものではない。私は、只々、ひどく感心し、ひたすら羨ましく思ったのである。

ところで、映画監督、かつシナリオ作家の山田太一氏は、最近、某新聞のエッセイ欄に『老人たちの「離陸」』と題して、〝人間すべからく五十代後半ぐらいからは、そろそろ今まで密やかに抑圧してきた異質性を表に出して、もっと人それぞれの色々な生き方をしてもいいのではなかろうか?〟と提案しておられた。「生涯学習」だとか何とか言って、皆が一様にお仕着せの勉強を、老化萎縮する一方の頭に無理やり詰め込まされるのは、余りにも芸のない話、各自それまでの体験に基づいた主体性を遠慮なく掲げて好き放題に生き、世間体などさらさら気にせず暮らそうではないかというのが、その主な論旨なのである。

してやったり、そのご意見まことにごもっとも、いたく賛同の極み、と大いに拍手はしてみたものの、独創力や個性のひとかけらも持ち合わせていない徒輩にとって、理想と現実の乖離はまことに歴然、つまりはそれも更に自堕落、怠惰な生活への、より恰好な免罪符を単に一枚だけ余分に加えることになるだけと気が付く。はてさて私も大きく力んでみたのはよいが、結局、この折角の魅力ある名提言も又、決しておいそれと果たすことの叶わぬ、ある暑いさ中の午睡時における、一場のはかない夢まぼろしの物語ということに終わりそうである。

（「京都大学医学部二九会報」第一六号、平四・一一）

二一　卒業の日

ここ数年、とみに物忘れがひどくなった。そんな時でさえ、普通、昔の出来事などは割りに覚えているものなのに、私は半世紀前の小学校時代のことは、たった一つの例外を除いて他は何も想い出せず、全く恥ずかしい限りである。

それは卒業式の日のことである。講堂で校長先生から誰かクラスの総代、たしか福島君だったかな？　クラス全員の卒業証書を受け取って、「蛍の光」に送られて自分らの教室に戻って来た、そこから後だけが、嫌にはっきりと、今も記憶に残っている。

担任の田村先生が入って来られ、いきなり黒板に向って白墨を走らされた。

分け登る麓の道は異なれど
　同じ高嶺の月を見るかな

そして四十七名の一人一人が、先生から、直接、証書を戴いた。特に何もおっしゃらなかったが、黒板の短歌が、すべてを物語っており、皆、静かにそれぞれの感慨を、胸に深く刻み込んでいた。

〝今日は、みんな、学校の真ん中の玄関から出て行くんだぞ〟との先生の言葉に、私たちは日の丸の国旗が立っている中央の校門から、手を振って別れを惜しみながら、各々、違った道への第一歩を踏み出したのだった。

昭和十八年の春三月、時あたかも南太平洋において、ようやくアメリカ軍の反攻が激しくなり、ガダルカナル島守備隊が撤退を余儀なくされ、早くも日本が敗戦への曲がり角に差し掛かり始めた頃だったが、「勝ち抜く僕ら少国民、天皇陛下のおん為に……」とおだてあげられ、有頂天になっていた私たち子供らには、その隠された戦況を毫も知る術《すべ》はなかった。

爾来、富山大空襲による被災壊滅、敗戦、復興、高度成長、そしてバブル崩壊を経て既に五十年、ともすれば麓の下藪に足を掬われて、つい転びそうになりつつも、遠い山の頂に、とわに満ち欠けを繰返す月影を頼りにしながら、いまだ尚、頑張って歩み続けている。

（「卒業五十周年記念文集《おもいで》」、西田地方小学校昭和十八年卒業生同窓会、平五・八）

二二　医学と文学

私たちがまだ小さかった子供時代の昔、病人を前にした医者は、先ず最初に手を取って脈をみ、次に胸と背中に聴診器を当て、腹を押さえ、時にハンマーで手や足を叩いたりした後、どんな病気であっても、大抵は消化剤の類いの粉薬と水薬を飲ませるだけだった。だが戦後、輸液と麻酔技術の進歩及び抗生物質の開発を伴った医学は、その後の科学の発展、経済の高度成長に従い、更にメジカル・エレクトロニクスやコンピュータの導入ですっかり様変わりしてしまった。

そして古い占いやまじない、お祈りなど、宗教・人文・社会・生物学的な要素に満ち満ちていた医療の世界は、現在、数学・物理・化学・分子生物学などもろもろの理論で完全武装された、自然科学の一分野としての医学へすっかり変貌を遂げ、その扱う対象においても「ひと」から「もの」へ、「病人」から「病気」へ、「全体」から「部分」へと、有機的な人間の急激な無機的な物質化への変化進展が当然のようになって来た。

かたや、過度の科学文明のもたらす自然環境破壊、その結果たる種々の公害病、あるいは生・老・病・死の根源にまで迫る人工受精、脳死、臓器移植などの超先端医学の提起する諸問題は、人間の尊厳、人類の幸福、生きがいとは何か？　についての深い反省と、人間存在の原点思考への速やかな遡及《そきゅう》を促していることも、又見逃し得ない明確な事実である。

しかし現今の自然科学は、医学を含めて決して万能ではない。今日、宇宙空間や生命体の神秘が、人類の微々たる智力、限りある技術だけによってそう簡単に解き明かされるなどとはとても思えない。すべからく私たちは宇宙船エンデバー号の日本人飛行士・毛利衛氏の〝美しい地球（国境なき）の単なる一生物として、水と大地を大切に……〟の言葉を謙虚に聞くべきだろう。

もともと、私は中学時代から特に理科系が得意でもなく、かと言ってそれほど文科系に堪能でもなかった。何となしに入った高等学校理科の、週一回きりの国語講義で最初に読まされた近松門左衛門の浄瑠璃戯曲『曽根崎心中』に完全に魅了され、心秘かに将来の進路を誤ったとは思いつつも、只、実学の有利さだけについ釣られて、その後医学部へ進み、漫然と医者になってしまった。ただし、せめて専門分野だけでもなるべく社会的、人文的な要素の多い結核病学を選び、形而下のみならず形而上の面にも富む、より人間的？な疾患を扱う、より人間的な医者たらんと極力努めてきた。

日頃の臨床にあって、治癒困難、不可能な患者に幾度も立ち会うたびに、己の医師としての素質や能力の限界に思いを致すもさることながら、人間はその生涯、生命の量ばかりではなく、その質の中においてこそ、更なる真の意義を見出すべきではないかと考え続けて来た。近年、ようやくターミナル・ケア（死の臨床）や、クォリテイ・オフ・ライフ（生命の質）、インフォームト・コンセント（説明と諾否）の如何が語られ始めているのは実に喜ばしい。

そして、現在、席を置いている臨床医学は、やはり本来の自然科学に社会科学や人文科学などの多系的な要素をミックスした領域だと、常々、考えている私も又、人文科学系の一分野たる文学への関心を押し進め、ひょんなことからつい深入りした作家・太宰治の人と芸術について、主として医学的な見地からの実証に基づいた調査研究に着手し、次第にその作家論から作品論にまで手を拡げて半ばライフワーク化し、どうしようもない変わり者と人に笑われている始末である。出来ることなら今後もずっと引き続いて「医学」と

「文学」の二足の草鞋を履きながらやって行きたいと思っている。

（「富中・富高近畿同窓会」第二一号、富中・富高近畿同窓会事務局、平五・九）

二三　シジフォスの岩

今年は年初めより、突然の大地震が発生し、当会阪神地区在住の同僚諸先生たちの中にも大変な被害に遭われた方々があり、そのご不幸ご苦難に対して心よりお見舞いを申しあげたい。

又、春ごろよりは、前代未聞の変な事件※に世は騒然、とにかく異常続き、ご難の当たり年のような気がする。

時あたかも戦後五十周年、敗戦からちょうど半世紀の月日が流れ去って、戦争の悲惨さや残虐さを、ともすれば忘れがちになろうとしていた、まさにその矢先を狙うかの如きに襲ったこの二つの大事件は、我々人間どもがいとも誇らしげに築いて来た文化、文明社会の脆さ、はかなさ、そしてその人間自体が後生大事に抱きかかえてきた思想や価値体系の基盤の危うさを白日のもとに曝け出した感がある。

更に国外に目を転じれば、相変わらず大国のエゴ剥き出しの核実験強行は後を絶たず、地域の宗教や民族紛争に絡む戦火は、一向に収まる気配すらない。

勿論、これら事態が反射的に呼び起こす、一部あちこち草の根のボランティア活動、あるいは国際間の反戦、反核運動のうねりはあるにしろ、その時間的、空間的な限界や、元来が平和を希求せんがための運動が、いつしか遂には暴動・暴力沙汰騒ぎにまで発展してしまう様を見聞きするに及んで、人間はやっぱり浅はかな愚か者？　所詮は永遠にシジフォスの巨岩をえいえいと運び上げ続けねばならぬ運命を決して逃れ去ることは出来ない動物なのであろうか？　と考えあぐむことしきりである。

※地下鉄サリン事件　三月二十日、東京都内地下鉄日比谷・丸の内・千代田線の車内に猛毒サリンが撒かれ十人が死亡。重軽傷の被害者は五千人を超えた。

（「京都大学医学部二九会報」第一九号、平七・一一）

二四　医師失格、そして人間失格

臨床の第一線を離れてはや十年、このところ全くのペーパー・フィジシャンに堕して、お粗末至極な身過ぎ世過ぎの毎日、まさに

終年著書一字無　中歳学道仍狂夫

李攀龍

《年中著述を志しながら一字も書かず、中年になって道を学んでいるくせに相変わらず常識はずれで放埒な奴だ。》（李攀龍《りはんりょう》は明代〈山東省〉の文人）

の有様である。

さてこそ、今春、これではならじと、突如、発奮、柄にもなく干からびたおつむに鞭

打って労働衛生コンサルタントの国家試験に挑戦、辛うじてライセンスは得てみたものの、これも又やはり一介のペーパー・コンサルタントにしか過ぎないのは如何ともし難い現状。

幸か不幸か、身体の方だけはこれまでさしたる大病もせず、何とか細々ながら暮らしおる次第。ただし精神の方はその限りにあらず、甚だ異常の今夏の天候にも似て、大いに狂い放し。さる某医師の診断によれば〝殆どパラノイア、治療極めて難しく、治癒は永遠に望み難し〟と。

太宰治の〝葉ちゃんは神さまみたいないい子〟ではないが、小生も、最近、だんだん〝紙さま〟の「人間失格」に近付きつつある。

（「京都大学医学部二九会報」第一二号、昭六三・一一）

二五　岳父と中野重治

岳父藤田政次郎が、若い頃の中野重治と関わりがあったことを、最近、知った。

彼はかつて私の郷里富山で印刷業を営んでいたが、自身また文芸を愛好し、旧制県立富山中学校卒業生有志で作った総合文芸同人誌『ふるさと』（大正十一年四月〜十三年九月・全十五冊）の印刷を引き受けている。同人誌発行の発起人である杉山産七が、たまたま岳父と同じ富山師範学校付属小学校の卒業生だった。岳父は明治四十三年卒業、杉山は大正四年の付属小学校尋常科卒業で五年後輩に当たっていたが、それまでに、時々、同窓会などで会っていてお互い顔見知りであったために協力を依頼されたらしい。尚、『ふるさと』創刊号の表紙絵を描いている産七の兄杉山司七も又、岳父と同じ明治四十三年の高等科の卒業生である。

岳父は、その第九号（大正十二年九月二十日発行）巻末の同人雑記に、『九ポイントと茶碗と』と題する随想を寄稿している。
当時、北陸のような田舎の町では、九ポイント活字を入れている印刷屋は皆無だった。大抵は五号か六号活字で代用していた。自分の飯茶碗の模様などには、全く無頓着でありながら、こと仕事に関してとなると徹底的にやらねば気がすまぬ職人肌の持ち主だった岳父は、すでに東京など都会で刷られた印刷物を見るに及んで、率先、その導入を英断した二年半前の出来事を、些かの自負を持って回想した短文である。
更に第十一号（大正十三年一月一日発行）では、巻末広告欄見開き二ページ全面を使い、店の電話番号を巧みに詠み込んだ詩を併載しながらの、次のような広告文が異彩を放っている。

私の工場は／いくさのやうです。それほど／皆が緊張してゐます。／いくさ場で／敵に對つてゐる兵士のやうに。どうぞ／この平和のいくさびとを／可愛がつて下さい。

富山市鉄砲町七番地
藤田印刷所

電話　一　九　三番
振替金沢四一六四番

時代は関東大震災と、それに続く甘粕憲兵大尉による朝鮮人虐殺、大杉・伊藤事件や、難波大助による虎の門事件など社会を覆う不安と殺伐な雰囲気、まさに大正デモクラシーとアナキーズム、そして次第に台頭してゆくミリタリズムの渦中にあって、〝平和のいくさびと〟なる逆説的表現の一語が何とも言えずキラリと光っている。若き同人諸士たちを蔭で支える岳父の面目、まこと躍如たるものを感じるのである。

本誌は、後に深田久弥なども参画した同人誌『裸像』に発展し、すでに『ふるさと』第九号に木版自画像を載せたり、未掲載なるも「童女像」の木版自刻画を寄せていた福井県出身の中野重治が編集兼発行人に納まった。

『ふるさと』同人の多くが金沢の旧制第四高等学校に進み、そこで中野との交流が生まれたことに因ると思われる。

後年の中野の小説『歌のわかれ』や『むらぎも』に登場してくる青年松山内蔵太は、高校、大学時代を通じて彼の親友だった杉山産七がそのモデルだと言われている。

ところで、中野は野方町新井の豊多摩刑務所に収監中の昭和七年九月七日、かつて同人誌『驢馬』の仲間だった、向島新小梅に住む堀辰雄へ宛てた封緘はがきに、

二日に原（筆者註：女優・原泉のこと）に面会の折詩集とアンデルゼン自伝との話をきいた。君の好意にあまえよろしく願うよう彼女に伝えておいたので、（中略）アンデルゼンの本が出るのは、僕のあの訳稿が役に立つというこれも一つのキマリわるさを別にすれば、よろこばしい。君の所には原稿があるだろうか？　僕の手許に、あれののつた「裸像」が一揃いある。これは原に言うのを忘れたが、もし必要だつたら彼女に言つてくれ給え。あのMaerchen Meines Lebensというドイツ訳はある友人から借りたもので、この友人とはもう七八年も会わないが、アンデルゼンの自伝そのものが与えてくれたようないい影響（エイキョウといつては少し違う、精神への投影だ。）をこの男の人格がやはり与えてくれたことを思いだす。（後略）

としたためている。

堀辰雄は中野のために、詩集とアンデルゼン自伝の両書を刊行しようと企てたが実現し

なかった。中野は『アンデルゼン自叙傳（わが一生のめえるへん）』の翻訳を『裸像』第二、三、四号に分載しているが、このはがき中の〝ある友人の男〟も又、杉山産七なのである。

『裸像』は大正十四年一月～五月までの全四冊だけで、結局、中絶廃刊となった。編集を担当した中野が前年の大正十三年四月に東大独文科へ入学、上京したため、いずれの号も発行所及び発売元は、それぞれ東京市の裸像社と文武堂書店であったが、印刷だけはやはり『ふるさと』に引き続いて、すべて富山市の藤田印刷所でなされている。

東大新人会加入前の中野重治の詩人・作家たる文学的出発への登竜門であり、初舞台だった両同人誌の発行に理解を示し、採算を度外視した印刷、製本を請け負って声援を惜しまず、ひいては地方文化の発展にも寄与した在りし日の岳父の、この隠されたエピソードに接し、深い感慨を禁じ得ない。

【参考文献】

（1）『ふるさと』第一～一五号、（ふるさと社、大11・4・10～大13・9・15）
（2）「中野重治全集」第一～二八巻、（筑摩書房、昭51・9・20～昭55・5・23）

（3）（財）富山市民文化事業団編「『ふるさと』と『裸像』─『裸像』覆刻全四巻、同人座談会の記録」、（桂書房、平元・8・20）

（『医家芸術』第四四巻第一二号、平一二・一二）

二六　今は昔……

今は昔、東大路近衛通り交差点から直ぐ西の裏門から入った京都大学病院構内東側、伝染病隔離病棟と内科北病舎の高いコンクリート建物の間の谷間に、這いつくばるようにして建っていた木造平屋の結核研究所病棟は、隙間だらけのガタピシ窓枠、草色のペンキが剥げ落ちた重い引き戸の出入り口、所々、床桁が擦《す》り減りささくれ立った廊下に沿って一列に並んだ第一～十までの研究室は、まるで田舎の小学校の教室を思わせるような粗末な風景だった。

私が入局した昭和三十年の結核死亡率は人口十万対五十二・三人、都道府県別では常に西高東低、かつ近畿地方が最高だったので、京都近辺の病院、療養所は重症の開放性肺結核や膿胸、脊椎カリエス患者で溢れていた。

新結核予防法の公布によりＳＭ・ＰＡＳ・ＩＮＨの三者併用の第一次化学療法が漸く普

及、胸郭成形術に代わって肺切除術が次第に増加しつつあったが、従来からの人工気胸、気腹術も、尚、健在、続行されていた。

顕微鏡検査ではいつも、喀痰や菌液を薄く塗り付け、火炎固定した後のスライドグラスへ赤紫色の石炭酸フクシン液を山盛り一杯にして、ニクロム線のお手製ヒーター上にかざし、三パーセント塩酸アルコールで脱色、メチレン青液で後染色した結核菌のチール・ネルセン染色法を使っていたことが今も懐しく想い出される。

当時の実験法と言えば、朝から夜まで、明けても暮れてもひたすら顕微鏡下で結核菌の数を数え、増殖の有様を観察することに尽きていたような感がする。

〝秋の山へ紅葉狩りに行っても、街の交差点で交通信号に出くわしてもその赤色がすべて結核菌に見えるようにならなくては、研究はまだまだ本物ではない〟とは、今は亡き教室の大先輩・伊藤薫先生の言葉だった。つまり結核菌の増殖イコール毒力と看做《みな》す理論が一般的で、結核に対する動物の抵抗力の大小もすべて菌の増殖の程度が殆ど唯一の判定指標だったから、今から考えれば実に単純な発想、まさに幼稚園のお遊戯、小学校の算術並みの長閑な研究法だった。結核の免疫やアレルギーが、細胞性抗体関与のものであることは想像し得ても、その担当細胞の種類に至っては、ちょうどその十年前に発表された

Chaseの受身伝達実験から、わずかにMono Nuculear Cell（単核細胞）様の系統因子であろうとする大方の意見に留まっていた。現在では殆ど常識にさえなってしまっているリンパ球の免疫機能が発見、証明されるまでには、その時から更に十数年余りの歳月を要したのである。

ここで取って置きの秘話を一つ紹介しておく。先年ご他界された辻周介先生は、私の指導主任教授だったが、ある日、突然、〝今から実験をするから、お前は手伝え〟とのお達し、さて何事かと思ったが、そこはあくまで実際のデータ最重視の先生、日頃、弟子たちがやっていることを一応は自分の目で確かめておこうと考えられたのだろうと推察する。

乳鉢でいくら擦り潰しても、中々、バラバラにならない結核菌苔を石油ベンジン液中に入れると、瞬時にして一匹ずつのきれいな単孤菌に分かれる極めて便利な石油ベンジン法というものがあった。先ずは初歩の菌液作製から開始、菌を扱う実験では試験管の綿栓開閉のたびに、雑菌汚染を防ぐため必ずガスバーナーの火炎で管口を焼くのが基本、慣れれば素早く出来るのだが、私の差し出す数ミリリットルのベンジン液入り試験管を受け取った先生は何しろ初めての体験、ちと手際が悪かったのか忽ち中身のベンジン液に引火してしまった。

驚いた先生、いきなり試験管を実験台の上に放り出してしまわれた。そこら一面、割れて粉々に飛び散るガラスの破片と走る火炎、あっと言う間の出来事、まだ菌を溶かす前だったのが、せめてもの幸いだった。直ちに実験は中止終了、以後、先生からはもう二度と実験の手伝いを仰せ付かることはなかった。まことに往時茫々、感無量の想い出である。

結核菌のＤＮＡ鑑定により、その排菌源や感染経路までも確定し得、肺移植もいよいよ実用化の段階に入って来た一方、時に耐性菌による集団感染がまたぞろ問題になっていると聞く今日、「温故知新」「不易流行」の二つを合言葉に、更に衆智を集めて真の人間復興再生への医学研究・医療実践の最高機関として、ますますの隆盛、発展を心から祈念するものである。

（『胸部疾患研究所の57年』、京大再生医学研究所、平一〇・二）

二七　不易流行

地下鉄が、タテ、ヨコに繋がり、超大型の駅ビルが完成した。たしか先々代の第二代京都駅の焼失は、私が笈《きゅう》を背負うて上洛して来た昭和二十五年の秋だった。創建五百五十余年の名勝・金閣寺が放火によって焼け落ちたのも、また同じ年の夏だった。

爾来約半世紀、今や古都・京都は、急速な変貌を遂げつつある。表玄関に居座るいわゆる《げて物趣味》と称する一部悪評をよそに、大階段と空中廊橋の生み出す奇妙な空間は、遥か未来へ伸びる夢と希望を象徴し、金ピカ違和感の不死鳥また様々な新しい文学素材や、現代オペラ、能狂言の恰好の舞台となって、ますます華々しい脚光を浴びつつある。

不易流行、俳聖芭蕉の唱えた言葉を想い出す。時代、種別を越えた永遠不滅の本質性と臨機応変の発展流動性。両者の根本はともにやはり風雅の誠に通じるもの、いかに最先端のエレクトロニクスや核医学をふんだんに駆使する時代になろうとも、病者への暖かい人間的な癒しの心と思い遣りの眼差しが、医道の本質理念であることには些かの変わりもないのである。

（『中西医報』八五号《五〇周年記念号》、京都府中京西部地区医師会、平一〇・六）

二八　ある患者の遺稿集を巡る往復書簡

ここに紹介するのは、親しかった友人のS医師が、もうかれこれ二十年近く昔、私に語って聞かせてくれたことがある、彼のかつての某受け持ち患者に繋がる二通の、つまり一通は彼自身の、そしてもう一通はそれに対する返事の書簡である。

これら往復書簡の文面からは、不治の難病に苦しみながらも、常々、少しでも明るく強く生き抜こうと、ひたむきに努め、遂に斃れて逝った一人の女性の様々な心の揺れが、ひしひしと伝わってきて、私の胸を打つ。

往　信

謹啓　日増しに暖かくなってまいりました。先日は、Mさんのご遺稿集をお送りいただき、まことに有難うございました。

実は、甚だお恥ずかしく、かつ大変失礼ではありますが、当初、私はあの書籍小包の裏書きの差出人のお名前を拝見しても、全く心当たりがございませんでした。中を開いて、初めて事の次第を知り得たわけであります。それ故に、Mさんが、すでに二年も前の六月末既に亡くなっておられるとは露知らず、驚き、かつ申し訳なく、今ご遺稿集を紐解き、在りし日の面影を偲び、ひたすらご冥福をお祈り申し上げるのみであります。

さて、多分ご承知とは思いますが、私はMさんがO病院にご入院なさった年の八月から、出身大学教室の人事異動で京都市のR病院へ転勤するまでの三年半余り、彼女の主治医をさせていただいておりました。その頃は、Mさんの病状もまだそれ程進行はしておらず、病床の日常生活も、遺稿の日記や書簡に見られる様相とはちょっと異なっておりました。

今ここに、その節の思い出を二、三書き記すことにより、故人を偲ぶ縁といたしたく、どうか拙い文章をしばらくお許し願います。

と言うのも、この度、彼女の日記からの文章を読ませていただき、初めて、あの当時、主治医としての私が、病床に在る患者Mさんの言動に対して抱いていた疑問のいくつかが、やっと氷解出来たように思えたからです。

Mさんを受け持つようになって、まだ間もない日のことだったと覚えています。

〝先生、私は単なる宗教的な慰めや、慈善的な施しだけは絶対に受けたくないのです。〟と、私に切り出されました。ご自身の病気の行く末を察してなのか、それにしても思い切ったことをおっしゃる、自己の仕事に対する揺るがぬ誇り、病床の日常や将来の生活に向けてのしっかりした計画などの考えに、一種の威厳さえも感じられて、その時の私は、さすがに著名な歴史学者・N教授の門下生だけのことはあるなあ、と思ったものでした。

そんな遣り取りもあってか、私は彼女の病名、全身性エリテマトーデス、当時はまだかなり予後不良で、遂には死に至る病についての回復の見通しや、治療の経過などに関しては、特に悲観的、又敢えて楽観的な言葉も殆ど口には出しませんでした。頭の回転のすごく良い方でしたから、私が何も告げなくても、そのうち自然の成り行きのままに、すべてを理解していただけるものと、強く確信しておりました。

一年くらい経った頃でしょうか、診察に訪れた私に、彼女は小さく折り畳んだ一枚の紙片を手渡してくれました。開いてみると、そこには達筆で『S先生御雅号（試案）』と題して、幾つかの言葉が並べてありました。例えば次のようなものでした。

読み方　意味

1　仏切良坊　ぶっきらぼう　近寄り難い男の人のこと。
2　似　蛭　ニヒル　一種のスタイル。
3　奇無痛蚊氏　きむつかし　時々、ぶんぶんと不機嫌になる男の方をいう。
4　散苦楽子　サングラス　（説明不要）
5　等　々　しかじか　云々。

彼女は、気に入ったものがあったら、どれでも選んで使ってくださいとおっしゃいました。

仏を切る良い坊主――以前に〝宗教的慰め……云々〟と話されていた彼女にしてみれば、およそちゃんとした宗教観や信仰心を持たない私は、やはり少しは良い男であったのでしょうか？

又、蛭にも似た、極めて嫌な奴――ただし、これも一種のスタイルとわざわざ注釈が付いているところを見れば、案外、偽悪者ぶっただけで、中身はそれ程でもないということか？

更に、奇無痛蚊氏——時々、ちくちく奇妙な、しかし、それでいて余り苦痛を感じない皮肉を並べる、意外と思い遣りのある男？

散苦楽子——実は、当時、私は網膜炎を患い、視力が低下して以来、ずっと淡い茶褐色のサングラスを常用していましたが、説明不要を強いて補えば、苦しみだけでなく楽しみまでも散らしてしまう、いとも無味乾燥なちっとも面白味のない男、とでもなるのでしょうか？

いずれにしてもどれもこれもまことに言い得て妙、一つ採って他を捨てるには余りにも勿体ない傑作ばかり、遂にその紙片はその後も尚、私の机の引き出しの奥深く大切に仕舞い込まれて、今日に至っております。恐らくその頃、Mさんが私に抱いておられたイメージは、極めて取っ付きにくく、愛想の悪い専門的職業人と言った類いのものではなかったかと思います。

さて、ともかく入院初っ端に、彼女から極めて明快に爾後の療養生活の基本信条みたいなものを聞かされて、些か先手を打たれた恰好の私は、それでもまだ彼女の真の心の奥底を測りかね、日頃、回診の際は、いつもなるべく病気の核心部分には触れず、無難な会話でいい加減にお茶を濁し続けていました。が、私には、病状への不安や治療に対する不満など、一切口にはされませんでした。

彼女のプライベートな面に関しても知り得たのは病歴調査上、ご両親がすでに他界され、兄と嫁がれた姉が、各々、一人ずつおられることだけ。ご友人や学校時代、研究生活のことなどは殆ど語られなかったし、又そのような話題は、殊更、故意に避けておられるように見受けました。だから、私もそういった、きっと他人に聞かれたくないであろう彼女の私的問題には、出来るだけ立ち入らぬように努めておりました。

しかし今の今、その頃の日記の文章を読みますと、何も言われなかったにも関わらず、常日頃から病気、生活、仕事、学問……等々、大いに苦しみ、大いに悩んでおられたご様子、まことに切々と胸に迫ってまいります。恐らく、人間的な魅力にも医師としての技量にも余りにも乏しく、頼りがいの無い主治医を前にしては、せめて精一杯、例の得意のパロディを駆使することくらいで、真の心の奥の淋しさ、悲しみを紛らわすより他に、仕方がなかったのではないでしょうか。

そのうち私はO病院を退職しました。しかし続いて約一年間、臨時の宿直要員として、時々、元のO病院にも伺っていました。そしてその節は出来るだけ、あの二階の病室へ顔を出すようにしておりました。

ご遺稿中、日記抄・第二部の終章、師走十五日のところに私の名前が出ています。したがって、その頃毎月一回の宿直の晩にでも、部屋をお訪ねした折のことだったろうと思います。通常、医師の習いとして、どんなに難しく、治らない病床の患者さんであっても、直接、ご本人に向って、〝もう治ることはありません。家に帰れる日もないでしょう〟とは、決して言わないものです（注：現在とは異なって、その頃はまだ、病名の告知だとか、「インフォームト・コンセント」などということは、臨床医の間では殆ど問題に上っていませんでした）。さすれば、私も又、日記に書かれてあるような表現を、絶対に採るようなことはなかったと思います。

にも関わらず、日頃の私の性格、言動や物の考え方を通して、すなわち苦しみ、病み疲れたか弱い彼女を残したまま、遂には最期まで看取ることもせず、中途にして病院を去って行ってしまった、ふつつかな私の態度を通して、彼女はすべてを悟られ、そしてその後は、幸いにも立派なO院長先生や、平素から尊敬しておられたK博士を中心にした友人、知人ら多くの方々の、誠意ある医療や手厚い看護と暖かい激励を受けられて、次第に心の平安を得て行かれたのだろうと思います。

幽明境を異にする今となっては、所詮、致し方のないことではありましょうが、せめて出来得るなら、もう一度Mさんのお元気なお姿に接し、今度こそ何の心の蟠りもなく、あのユーモアに溢れ、ウイットに富んだ、軽妙洒脱な道化と逆説の論法に満ち満ちた言霊の美学の名調子に、思う存分聞き惚れ、酔い痴れてみたいと感じるものです。そしてその時、あわよくば「散苦楽子」改め「讃苦楽子」としての、私への雅号改称のお許しをぜひともお願いできたらなどと、虫のよい思いに耽ることしきりであります。

ここに重ねてご令妹様に心より哀悼の意を捧げます。

敬白

三月末日

K・S拝

M・M様

S・T様

復　信

花便りも満開を告げるようになりました。先日はぶしつけに妹・Mの遺稿集をお送り申し上げまして、失礼の程なにとぞお許し下さいませ。同時に生前のお礼状を差し上げなければと思いつつ、発送の雑用などに追われておりまして、申し訳なく存じておりましたのに、却って早速にご懇篤な書状をいただき、もうどう申し上げてよろしいのやら、只々、恐縮いたしております。

妹が長い間並々ならぬお世話様になりましてありがとうございました。厚く、厚くお礼申し上げます。先生の暖かい、お優しいお心、大きな抱擁力に甘えまして、我侭、気侭を言いたいだけ言わせていただき、自分の病気に対して九十五パーセントの絶望を感じながらも、尚、先生のお励ましによって、五パーセントの希望を常に抱いて闘病を続けていたように思われます。P病院で初めて膠原病という診断を受け、主任の先生に私が密かに三年ということを告げられました時の気持は、いまだに忘れられません。

先生がお目の病気で暫くお休みになった時の不安感、やっとお帰りになって下さった日の嬉しさは、次のように書いております。

五月四日（月）曇りのち晴れ

総回診。O先生ニコニコ、ニコニコ。〝待ちに待っていたS先生が帰って来られてよかったですね〟S先生〝待ってへんな？〟私〝待ってません、そんなん〟ということで皆に笑われ、例のごとく恥かけり。病院の周囲の緑、日毎に濃く、鮮やかになる。生きていたいという心の疼き。だけど体苦しく、起床困難である。

また、先生に失礼な雅号を献呈したことも十二月十八日の日記に書いておりました。先生は〝よう考えたなあ、これ面白いわ〟とお世辞を言って笑われた、と。

先生と翌年二月お別れしなければならなくなった頃の日記を次に引用いたします。

二月二十三日

雨、春が近いのだ。あたたかい雨、くらく野や街の上をおおっています。神さま……声もなく、うつぶしてしまう。祈りも心におこらず、今日もまた泣けるだけ泣いた。どうしてこんなに残酷な試練、運命にあうのだろう。

十九日の昼、〝S先生ほんとにおやめになる〟と聞いた時の驚き、胸苦しさ、副院長室へ独りでとんでいったが、ご不在。

K課長さんと出あい、そのいきさつを話して下さって、こんどこそ真実どうしようもないことを知り、午後の安静時間は絶望の涙、夕方先生来室して下さり、私はもう泣きに泣いた。そしてお話、いろいろ言って下さったが〝あと一月あるし、これからどうするか考えよう〟ということで、部屋を出られた。その夕食より食欲とまり絶食。土、日と全くお茶も飲まなかった。月曜の朝も食べられなかったら、昼、Nさんや婦長さんがくず湯を作ったり、いちごをくださったりして、夕方やや元気出る。今日（火）流動食、ジュース、みかんの他さっぱりのどを通らない。しかし生きる希みも勇気も全く失っているわたしです。丹波、E町のN寺、山寺の山かげの墓地で、父母、義妹と共に眠れる日が来てほしい。ただその日だけが私のしあわせ、私の救いだ。

二月二十四日

日が水のように流れてゆき、日の光は眼のために終日おろしたままになっているブラインドをもれて、だんだん明るく暖かになってきた。息苦しくて、窓を開けても、吹き込んでくる風のやわらかさを感じる。春が来ているのだ。心に平安がほしい。

三月二日

夜来て下さった時腹立ち、悔しく、何も言わなかった。私は泣いて運命を呪うばかり。それの表現がS先生への恨みやののしりになって、それも今はすまなかったと思う気持で一杯だ。

三月十七日

大学時代のお話、先生の下宿の隣が新劇女優K・Hさんの家で、私はよくそのご主人で評論家のWさんに原稿代筆を頼まれたこと、先生と同宿の文学部Uさんや、吉田山の通学路、R病院職員組合のことなどお話があって笑いとまらず、息苦しいので途中黙ってしまった。回診後、体は煮えるような動悸、夜まで呼吸困難でつらかった。そして、あとで、これが先生の最後の回診と聞き、けじめのなさにあきれて、又いらいら腹立てり。

三月二十日

風やわらかく陽ざし暖かき日、ああ、とうとうお別れの日だな、もう全部過ぎしこと、忘れる努力するだけが私の仕事だと思っていたら、先生、白衣のままで来てくださった。最後の日まで……。別離、なぜこんなに深く心身をくいあらすようにむごく、悲しく、さびしいのか。〝さようなら、先生、お元気で／ほんとうにありがとうございました。／いろいろ、言いたいこと言ってごめんなさい〟この三行の気持ちでわかれる、あとは、忘れること。忘れること。忘れること。生きている必要も、意味もないわたしのいのち、自分だけでなく、誰の目にも生きている値打ちもないわたしのような患者に、ほんとうによくして下さったと思う。二月十九日から三月二十日まで、ああ、苦しい、さびしい、夢中でわれとわが心と戦い、戦い、泣けるだけ泣き、嘆くだけ嘆いて夜も昼も過ぎ去ってしまった。ああ！　心も体も疲れ果ててしまった。心を落ちつけたい、残された日々をいちばん善く生きるように心を整えたい。

絶望的な心の戦いの記事が暫く続いておりますが、このノートはまだ余白がありますのに、途中でやめて新しいノートを使い始め、それはスケッチブックに彩とりどりのサインペンで縁取りしたり、花風景、事物のカットを入れたりして、見違えるように花やかなものとなり、病苦のことは余り記さず、ひとえに人々への感謝や将来に対する希望などのことを記しています。遺稿集の日記第二部は主に、その辺から抄《ぬきが》きました。絶望から這い上がり、ここに達するまでの境地。又これが本音かどうか私にもわかりません。この裏にどれだけの涙が流されているかもわかりません。

妹の苦しかった生涯の最後の支えになって下さった先生。ありがとうございました。何度お礼申し上げてもつきない思いでございます。遺稿集について皆様の下さった書状の一番上に先生から賜わりましたお手紙を置いて、三回忌の妹の墓前に捧げようと思っております。

時候不順の折柄どうかご自愛下さいましてご活躍のほどをお祈り申し上げます。

四月六日　　S・T

K・S先生

あとがき

この友人医師も、一昨年、肺癌で亡くなった。まだ還暦をちょっと過ぎたばかりだった。

遺品の整理中、ノートに残された彼の書簡の下書きと、それに対する返事の書簡が見付かったのである。故人が、生前、片時も忘れることのなかった一人の女性患者を巡り、かって私が耳にした話を裏付ける証拠の品でもあり、敢えて今回、先方の許しを得て文章にすることにした。

返事の書簡の指し出し主は、Mさんの姉上に当たり、遺稿集の編集責任者でもある。その内容の殆どは、遺稿集には省かれて載らなかった日記の、他の箇所から採られている。

このたび非礼をも顧みず、両書簡を公開したのも、それが却って、今は泉下で相まみえているやも知れぬ故人たちにとって、又とない良い供養になるのではなかろうか？　と思ったからである。

昨日、梅雨の季節にしては珍しく晴れ上がった爽やかな一日、私は洛西・愛宕山麓にある、一周忌も間近い亡友Sの墓に詣でた後、急に思い立って山陰線で丹波路まで足を延ばして、Mさんが眠る菩提寺、N寺を訪れ、彼に代わって一輪の菊と線香を手向けてきた。墓石に刻まれた院号は、かねがね想像していたMさんに、とてもふさわしいものだった。

合掌。

一瞬、時の流れが止まったような静かな山あいの昼下がりであった。元号も平成と改まってはや四年余、まことに往時茫々、遠い想い出の感慨ひとしおである。

（『週刊日本医事新報』第三五三七号、週刊日本医事新報社、平四・二）

二九　第二三回沖縄戦跡・基地巡りに参加して

このたびの沖縄戦跡・基地巡りは、私にとって初めから終りまで凄まじい衝撃の連続だった。

第一日目、開会に先立って上映された沖縄戦記録フィルム一フィート運動の会編集・製作の『沖縄戦―未来への証言』に、わが国内で住民を巻き込んで行われた唯一の地上戦の壮絶悲惨さを改めて再認識し、続いてひめゆり学徒隊生き残りの島袋淑子さんから、かつて南風原《はえばる》陸軍病院へ動員後の血吹き肉裂け骨砕ける苦闘の死線彷徨体験談を伺って、涙溢れ胸潰れる感に駆られ、初日早々から、余りに己の沖縄戦への（総論はともかく各論に関しての）無知蒙昧さをつくづく思い知らされた。

わけても二日目初っ端に向った「ヌヌマチガマ」すなわち白梅学徒（沖縄県立第二高女）看護隊の壕は、言い知れぬ強烈なショックをもって私の胸に迫るものがあった。

手袋を佩《は》き裾をからげて、ごつごつした岩石の狭い洞窟中の真っ暗な坂道を只一条の懐中電灯の光だけを頼りに一列縦隊になって、皆、黙々と下って進んで行くと、所々、雨水に濡れてぬかるんだ泥と岩盤に足を取られて滑りそうになり、又、時々は天井の岩の裂け目から冷たい雨露のしずくが首筋に滴り落ちてきた。ややあって少し広々とした岩窟の空間に辿り着き、ガイド・山内榮先生（琉球大学）の説明に耳を傾けると、六十一年前沖縄戦の真最中における壕内の凄惨な光景、血と膿にまみれ断末魔の苦しみに喘ぎのたうつ数百人の傷病兵と死に物狂いで看護に走り回るいたいけな少女たちの姿、さながらこの世の生き地獄、阿鼻叫喚の有様が彷彿として瞼に浮かんできた。期せずして周囲の岩肌からは、戦火に斃《たお》れ非業の最期を遂げて逝った彼らの悲鳴と慟哭が耳元へそくそくと聞こえてくるようだった。洞窟内のあちこちには、いまだ半ば土に埋もれて放置されたままの遺骨片も散見され、一同しばし瞑目、黙祷を捧げて掌を合わせた。

「ひめゆりの塔・ひめゆり平和記念資料館」を見学し、「魂魄《こんぱく》の塔」に献花した後、波静かな太平洋を見晴るかす近くの米須海岸に出たが、辺り一面に散らばる珊瑚の死骸の細片は、あたかも沖縄の海に空しく散り果てた声無き幾多同胞たちの白骨片、その表面の処々を彩る紅色の斑点は、吹き荒ぶ《鉄の暴風》に哀れ砕けて流れ散った血しぶきの色か？

と見紛うばかりであった。

沖縄戦における全戦没者名を刻んだ「平和の礎《いしじ》」の〈礎〉は、戦時中に声高く叫ばれた〈国の礎《いしずえ》〉へのアンチテーゼだと教えられ、またぞろ国家権力によって憲法改変や核武装論議がおおっぴらに持ち出されようとしている今日、ますます平和学習の大切さを肌で実感し、肝に銘じた。

三日目、訪れた浦添城址の「前田高地」は沖縄戦における首里防衛の最前線基地だったが、その近くの「嘉数《かしき》高台」でアメリカ軍を迎え撃って彼らから《死の罠》《忌々《いまいま》しい丘》などと恐れられながら肉弾よく奮戦し、玉砕し果てた日本軍には多くの京都出身者が含まれていた由。戦後十九年を経、京都市民によって建てられた慰霊碑「京都の塔」には守備軍を支援して運命を共にした現地嘉数の一般住民被害にも触れて冥福を祈ると同時に、沖縄と京都を結ぶ文化と友好の絆がますます固められるよう願う文面が記されているという。

そしてこの日最後のスケジュール、読谷《よみたん》村役場玄関前庭の広場に建つ「憲法九条の碑」には世界に誇る戦争放棄を謳った条文が刻まれていた。昭和二十五年から七期二十八年間続いたわが京都革新府政の輝ける星・蜷川虎三知事は、率先して平和憲法遵守を提唱し、その任期中常に本庁舎の正面に〝憲法を暮らしの中に生かそう〟の垂れ幕を掲げたが、昭和五十三年引退して保守府政に変わった途端それは下ろされてしまった。その点、そう簡単には潰えることのない石の塔碑をアメリカ軍基地のど真ん中読谷村に建てた山内徳信村長（現・参議院議員）の先見の明、英断の知恵に満腔の敬意を表し、熱烈な拍手を贈らざるを得ない。

四日目、旅の最終に訪ねた再建首里城は大勢の修学旅行生や観光客でごった返していた。加えて折りから降り出した小雨模様に、已むなく大急ぎで通り過ぎ、駆け足で引き上げてしまった。戦争中、此処に隣接した地下壕には沖縄守備隊の本陣・第三十二軍司令部が置かれていたため、アメリカ軍の完膚無いまでの徹底的猛攻撃に曝され、古来琉球王朝の歴史と文化の粋を誇った旧城は完全に壊滅してしまったが、本土復帰二十周年の平成四年、正殿は見事に復元、竣工を遂げた。そんな悲劇の過去を知ってか知らでか、余りにも物見遊山的な大勢の観光客たちの喧騒と雑踏に些かの違和感さえ覚えたのが私の偽らざる心境だった。

その他、強制徴募、徴用、徴兵、虐殺の文字が頻繁に碑面に刻まれた「韓国人慰霊塔」、「平和記念資料館」に残る激烈残虐な戦争の実相、白梅学徒隊終焉最期の壕傍らに建つ鎮魂碑「白梅の塔」、アメリカ軍への投降の有無がそれぞれ生死という運命の明暗を二分した「シムクガマ」と「チビチリガマ」、かつて旧日本軍高射砲陣地や戦後接収のアメリカ軍通信基地だった三百六十度の視界に恵まれた高台に築かれた豪壮広大な城壁遺構の「座喜味城跡」《世界文化遺産登録》、「対馬丸記念館」で見た疎開学童の犠牲と悲劇、「佐喜真美術館」の丸木位里・俊夫妻の手になる痛恨極まる〈沖縄戦の図〉、「沖縄国際大学のヘリコプター墜落現場」とその経過説明、広大な嘉手納空軍基地の見える「安保の見える丘」とアメリカ軍基地及び関連諸施設の厖大異常さ、「楚辺通信所（象のおり）」から一部土地を奪還した知花昌一さんの直話……等々、この四日間で見聞きした沖縄と日本における厳しく由々しい現実に関する知識は、計り知れない反省と勉学の機会を私にもたらしてくれた。

いずれにしても、日程途次の読谷《よみたん》村文化センター会議室で開かれた「ふりかえり・わかちあい」の席上、山内榮先生からなされた提言〝多くのテーマから自分なりの選択をし、更なる探求と学習体験を能動的に進めるべし〟がずしりと心に響き、多くを学び得たまことに意義深い旅であつた。

今回の旅を企画、お世話くださった日本生協連並びに沖縄生協連の方々、参加した全国の生協会員の皆さん、そして終始、懇切丁寧な教示と指導を賜った山内先生に熱い感謝とお礼を捧げたい。

（「きらきら通信」二〇〇七年二月号、京都生活協同組合伏見区東部行政委員会、平一九・二）

三〇　太宰治研究の母胎『医家芸術』と私

私が医家芸術クラブへ初めて入会したのは、昭和五十八年の夏だった。と言うのは、その年八月一日発行の『医家芸術』第二十七巻第八号（通巻三一二号）へ入会の挨拶《こんにちは・ひとこと》を書いた上、拙稿「墓碑銘―今官一氏と尾崎一雄氏」を載せてもらっているからである。

昭和四十年代頃から、折にまかせて少しずつ進めていた作家・太宰治の人と文学の主として実証的調査研究の成果を、それまで私は、時々、『日本医事新報』誌のメジカル・エッセイ欄へ投稿していたが、如何せんその欄には、全国から多くの原稿が集まっていつも満杯らしく、大抵は送稿してから活字になるまで、ほぼ一年半から二年近く待たされることが多かった。その点、こちらの『医家芸術』誌は入会後から、駄文にも関わらずその殆どが日をおかずして直ぐ載せて戴けたのは、とても有難く嬉しかった。

爾来、平成十二年の年末号、第四十四巻第十二号（通巻五二〇号）までの十七年間、五回の文芸特集号へのやや長文の原稿を含めて合計二十回の投稿掲載を経て、一旦、退会した。昨年夏季号より再入会、早速、年末の文芸特集号へも久しぶりの一文を載せてもらい、お世話になっている次第である。

今回、本誌が通巻六〇〇号を迎えることになったと伺い、通巻三一二号に初投稿して以来の私としても、この二十七年間の時の流れの速さに、只々、驚き、感慨ひとしお深いものがある。

『医家芸術』誌は、今までの私にとって、太宰治研究を健やかに育て導いてくれた大切な母胎であり掛け替えのない拠りしろ的な存在でもあった。二十回分の投稿の内訳をみても、その十八回までが太宰関連の文章である。

頭書の今、尾崎両氏の太宰にかかわる想い出は勿論だが、彼の麻薬依存症時の主治医であり高名な精神医学者、かつ詩人でもあった中野嘉一氏とも懇意にしていただいていた私は、昭和六十三年八月の本誌通巻三七二号で、当時の編集子の御好意により、互いの著書新刊の紹介と書評を同じ見開き二ページに掲載させてもらったのも忘れ難い想い出である。

伊豆・下曽我の尾崎氏宅を訪ねた同日、氏の紹介も戴いて太宰の名作『斜陽』のモデルであった近くの雄山荘を見学取材したが、この支那風造りの純和風邸宅は、住人の俳人・林周平氏死去後は無人となって荒れ果てるが侭に放置されていた。太宰文学上に意義深く、文化財的価値も頗る高いこの家屋の補修、保存・維持運動に関する小田原市への嘆願署名運動の全国的展開のお願いも、平成五年八月の本誌通巻四三二号へ載せていただいた。

しかし、地主と小田原市の話し合いが、中々、進まないうちに、昨平成二十一年の暮、失火から全焼してしまったのは返す返すも残念であり、時あたかも太宰治生誕百周年があと数日で終わろうとする師走二十六日明け方の出来事だった。所詮、人や物はみな、朽ち崩れ、衰え廃れ、消え失せて行くのは世の常、時の習いではあっても、名声や作品は永久に讃え伝えられ、語り継がれてゆく恰好の譬えなのであろう。又、この『医家芸術』誌上へ何度となくその論考を掲載してくださった私のライフワークでもある「孔舎衙健康道場」と「木村庄助日誌」をモデルにした太宰作品『パンドラの匣』も、昨年、生誕百周年記念行事の一つとして映画化され、現在はそのＤＶＤも発売されている。

加えて作品中の看護師長・竹さんに扮して好演した芥川賞作家・川上未映子さんが、二〇〇九年度キネマ旬報社の新人女優賞を受賞したのも私には嬉しいニュースであつた。
私の貧しく拙い文芸への志を快く受け容れ、懇ろに慈しみ育んでくださった『医家芸術』同人の識見豊かな大先輩の諸先生方、並びに関係者各位から賜った貴重な学恩に深い感謝の念を捧げると共に、文学、芸術のもたらす限りない幸いと楽しみを満喫し、安らかな憩いに浸りつつ、人生の潤いをしみじみ味わっている日々この頃である。

（『医家芸術』第五四巻秋季号〔通巻六〇一号〕、平成二一・九・二八）

三一　醍醐の里

毎年のことだが、八月も下旬になってそろそろ恒例の「京都大学医学部二九会報」への投稿宿題締め切りが迫ってきたのに、何も書くことが見当たらない。別にそんなに気を張らなくてもよい、何を書いてもよいのだが、そう言われると余計に書き辛くなる。どうしたものか、全く困ってしまう。平生、何の感慨もなく、只、のんべんだらりと暮らしている、そのツケが回って来ていることだけは確かである。

と、悩んでいたら、フト思い出したのである。元ジャーナリスト、現在，某女子大で文章作法やマスコミ論などを教えている知人の先輩が、〝もし何も書くことが見付からぬ時は、例のレンズ付きフィルムの使い捨てカメラを持って、気晴らしにそこら辺りを一回りし、何でもいいからとにかくフィルム一本全部写して来い。そうしたら又きっと材料が出て来て、書く気が起こってくるかも知れない〟と、かつて話されていたことがあった。

つまり写真を写すということは、何か一つの事物にピントを合わせ、それを四角な一定の枠の中に切り取る作業である。もちろん、すべてでたらめ、めちゃくちゃにシャッターを押すだけのお座なり撮影で済ますことだって可能であろうが、普通はそんな勿体ないことはしない。当然、そこにいくらか己の意思や感情を出さざるを得ない。いきおい何らかの発想も浮かんでくる筈だというのである。

善は急げ、早速、試してみることにした。まだ十数齣《こま》ばかりフィルムの残っていたバカチョンカメラ一つぶら下げて家を出た。人や車の多い表のバス通りを避けて、住宅地裏の細い抜け道をしばし北へ向う。

約十分足らずで醍醐寺の境内に入る。今までに何度も来ている、余りに見慣れ、かつ見飽きた景色である。どうも面白くないし、しっくり来ないので、仁王門の前を素通りする。やがて右側の鬱蒼とした杉や楢木立の彼方、約二百近い石段の上、二の鳥居奥に鄙びた天満宮の社がある。この辺り一帯の氏神様である。蝉時雨がやかましい。麓に立つ一の鳥居と遥か上まで続く石段の構図が、ちょっと気に入ったのでシャッターを切る。更に数分歩くと、朱雀天皇陵の宮内庁標示板を見付ける。醍醐天皇の皇子で、その後を継いだ第六十一代天皇の墳墓である。明治天皇の伏見桃山御陵や大正、昭和、両天皇の多摩、武蔵野御陵などとはまるで比較にならぬ質素で小さいもの、うっかりすると見落としてしまう。道理でこれまで数回通っていたのに、全然、気が付かなかった。新発見の収穫を、直ちにカメラに取り込む。少し進むと、一軒の農家庭先の縁台上に、きゅうりや茄子、とまと、菜っ葉などが並べてあり、傍らの空き缶に〝代金はこの中にお入れください〟と記してある。人と人との間に介在する誠の信頼関係に裏付けされた、素朴で自然な昔ながらの良き日本の故郷の姿である。無論、今頃この辺に純粋な農家はない。家の主や若者は皆、昼間よそへ勤めに出掛け、留守居の女や年寄りたちだけで細々と小さな畠を耕している、大都市近郊の典型的な半農家庭である。考えれば甚だ皮肉なことに、当無人野菜販売法こそは、今や、町中にやたらはびこっている現代文明のあだ花とも言うべき各種の自動販売機の紛れもない元祖なのだが、失われつつある懐しい土の香りのする古き日本の貴重な田舎の一風景として、これも又被写体たるべき資格満点、フィルムのひと齣へ大切にしまい込む。

　間もなく新開地の団地街へ辿り着く。その一画に醍醐天皇陵がある。さっきの朱雀天皇陵よりはやや大きいが、それでもやはりこじんまりしたもの、しかし周囲は緑地帯や遊歩道がきれいに整備され、団地内のちょっとしたオアシスと言った趣さえある。まん円い古墳とそれに至る直線状の参道が作る幾何学的な形が、空中写真ではまるで弦楽器のバンジョーそっくり、取り巻く団地内個々の四角い屋根の群れと釣り合った美しい図柄は、以前、或るグラビア雑誌の表紙を飾り、はたまた《文化財―保存と開発の調和》と題して某新聞のローカル版特集にも採り上げられた。

御陵を一回りし、歴史を丸抱えしたこの結構な環境風土の点描撮影で、ちょうどフィルムもおしまい、散策の時間も頃合い、帰途につくことにする。

ところで、この第六十代醍醐天皇とくれば、何と言っても「延喜式」の制定が直ぐ思い出される。平安初期の儀式作法、法典、制度の細則を集大成した、律令国家の礎を築く文化的大事業だった。

更にわが国初の勅撰和歌集である「古今和歌集」も又彼の勅命を受けて成ったものである。「竹取物語」や「伊勢物語」も、恐らくこの時代に書かれたのではないかとされている。

そして何より興味を引くのは、あの有名な「源氏物語」との関連である。紫式部がこの大長編恋愛小説を書いたのは、醍醐天皇が亡くなってから約七十余年後の第六十六代一条天皇の頃であるが、物語中に出てくる桐壷帝、朱雀帝、冷泉帝、今上帝の関係がそれぞれ実在の醍醐天皇、朱雀天皇、村上天皇、冷泉天皇などを連想させるものがあるという。

このモデル問題については、夙《つと》に専門学者の間で論争されて来ているらしいが、物語はやはりフィクションであり、結局、式部は彼女が生きて目の当たりにした宮廷生活の裏に渦巻く、凄まじい政争と、派手な恋愛模様の数々を、その前後百何十年かの時代設定の中に適宜モンタージュし、うまくカモフラージュしたと考えてよいのではなかろうか？

醍醐天皇は、父君・宇多天皇の寵愛厚かった菅原道真を、側近・藤原時平の讒言《ざんげん》を容れて九州大宰府に流す。だが、道真死後、都に異変続発、怨霊《おんりょう》の祟りと恐れられ、遂には御所清涼殿にも落雷、天皇は病臥懊悩《びょうがおうのう》のあげく譲位しその七日後に崩じた。やがて道真を鎮霊するため、京洛・北野の地はじめ全国に多くの天神、天満宮が祀られることになるが、この里、醍醐の古老は、先に見たあの醍醐寺隣りの天満宮こそ、その発祥の地だと語っている由、ただし真偽の程は定かでない。

いずれにせよ、この静けさだけが取り得の、余り便利でもない我が家の近辺、醍醐の里も、よくよく見回し調べてみれば、かの王朝文化華やかなりし、延喜・天慶・天暦の雅の世界ともろに直結していることに、今更のごとく驚きかつ感じ入った次第である。

全く書くことがないと言っていたのに、随分、長々と駄文を草してしまった。知人先輩のアドバイスによる散策の効果たるやまことに絶大であった。

（「京都大学医学部二九会報」第一七号、平五、一一）

ところで最近、津名道代氏の『日本「国つ神」情念史シリーズ』（全五巻中の既刊三巻）を読んでいる。

彼女は、この日本の国の歴史風土には古から音色《ねいろ》の異なる大きな二筋の瀬音《せおと》つまり〈「国つ神」情念と「天つ神」情念〉とも捕えられる二つの情念が、〝あざなえる縄〟の如く組んず・ほぐれつ、時に協奏し、時にあがらいつつ、うまくバランスを保ちながら見事な光彩を放し続け来ていると論じている。

「国つ神」とは、早くからこの風土に住み着いた人々が祀った神、つまり地霊・自然神を指し、神霊に満ちた山・岩、樹・森・泉・滝、その他、火・雷・風などの自然物・自然現象。時に動物や人間めいた姿で象徴され、国土造成をした人間神―巨人の姿で象徴されたり、もっと身近には自分たちの血に繋がる先祖神のようなものと規定している。これらはいずれも、このクニ（大地・郷土）から生まれ、国土と住む者を守る地上的性格を持つ神々、すなわち「国つ神」と呼ばれ、「天つ神」の「天神」に対しては「地祇《ちぎ》」とも呼ばれると説く。

一方の「天つ神」とは、この地上と別の、天上の神々の世界「高天原《たかまがはら》」に住むとされる神々。その子孫を自任しているのが「天つ神」（いわゆる「天孫族」）である。この神々はすべて人間の姿と名を持ち、かつ現実の或る特定の族とその分れの先祖たちという系譜である。しかもこの列島の古語では、天空と水平線でひとつに溶ける海をもまたアマと言う。「天つ神」という呼び方は「海の彼方からやって来た神」なるヘソの緒も秘めているというのである。

そしてこの「国つ神」と「天つ神」の両者は、もともと横並び、水平な位置関係にあったのが、特にこの「日本」という国家に於いては、例えば「八岐大蛇《やまたのおろち》退治」「出雲国譲《いずものくにゆず》り」神話や「神武東征」説話などに描かれた政治的な征服、被征服過程を経て上下の縦関係になってしまい、現在に至っているという。

更に続いてシリーズの第二巻『遥かなり、このクニの原型』中の第二章「国つ神」と「天つ神」の〈3　二十世紀の歌謡と、二つの異質な概念―「暁に祈る」と「空の神兵」〉に至った時、私の目ははたと止まった。

彼女はいみじくも語っている。《うたは世につれ、世は歌につれ、という。いかなる世にも、その時代、ほんとうに民衆の日常のこころに沁み入り、その情念をゆるがせ、澄んだ深い慰めと励ましをあたえる歌のみが、流行歌として愛唱され、歌い継がれてきたのだったが、まさにそういう「うた」の中に、くっきりと……ふたすじの異質な情念は聴きとれるのだ》と。そしてここで、過ぎし大東亜（太平洋）戦争中のほぼ同時期に私たちが大声を挙げ、こぞって歌ったあの極めて有名な〈二つの軍歌〉すなわち「暁に祈る」（昭和十五年）と「空の神兵」（昭和十七年）の歌詞を掲げている。前者は日支事変中、翌年暮れの大東亜戦争への拡大前夜、いわゆる皇紀（神武天皇即位後）二千六百年奉祝の年（一九四〇年）、後者は昭和十七年二月十四日、「加藤隼戦闘隊」援護のもとにオランダ領インドシナ（蘭印）スマトラ島の油田地帯パレンバンへ日本陸軍落下傘部隊が初の奇襲降下したのに際し作られたものである。

とりあえず初めに「暁に祈る」の歌詞を記してみよう。

暁《あかつき》に祈る

一

ああ　あの顔で　あの声で

手柄《てがら》たのむと　妻や子が
ちぎれる程に　振った旗
遠い雲間に　また浮かぶ

二

ああ　堂々の　輸送船
さらば祖国よ　栄えあれ
遥かに拝む　宮城《きゅうじょう》の
空に誓った　この決意

三

ああ　傷ついた　この馬と
飲まず食わずの　日も三日
捧げた生命《いのち》　これまでと
月の光で　走り書き

四

ああ　あの山も　この川も

赤い忠義の　血がにじむ
故国《くに》までとどけ　暁に
あげる興亜《こうあ》の　この凱歌《がいか》

この歌はその歌詞及び曲のメロディに於いて、彼女が述べるまでもなく前線の兵士と銃後の老人、子供と女たちが互いに呼び交わし、祈りを込め心を託す哀切さが滲み溢れている点で、その右に出るものがないほどの秀抜さを誇っている。

そしてこの歌の特に二番、三番の歌詞に注目したいと彼女が強調している事実に私は思わず感じ入ってしまったのである。

二番は「ああ　堂々の　輸送船」、恐らく友軍の飛行機に守られながら多くの船を連ねた出撃集団中の一員としての男が抱える、愛する妻や子の期待を背に祖国の栄えを祈り純粋な昂揚を覚えて凛々しく出陣する、その潔くもどこか切ない情念の世界。

続く三番の情景はガラッと変わる。そこには傷ついた馬を友とした独りの男、迫り来る死を前にして遥かな高みから射す月の光に照らされながら、故郷の妻子へ届くか否かわかる筈もない最期の短い便りを紙切れの端にしたためる。

威勢のよい出陣の二番と哀れな敗残の三番の見事な違い、どちらの音色もこの「クニ」この風土に流れる同じ情念の世界。この二系の「国つ神」情念が、「暁に祈る」という一つの名作軍歌に並立・同居していると説くのである。

次いで、もう一つの「空の神兵」の歌詞に移ろう。

空の神兵《しんぺい》

一

藍より碧《あお》き　大空に　大空に
たちまち開く　百千の
真白きバラの　花模様
見よ落下傘　空に降《ふ》り
見よ落下傘　空を征《ゆ》く
見よ落下傘　空を征く

二

世紀の華よ　落下傘　落下傘

その純白に　赤き血を
捧げて悔いぬ　奇襲隊
　この青空も　敵の空
　この山河《やまかわ》も　敵の陣
　この山河も　敵の陣

　　　三

敵撃摧《げきさい》と　舞下《まいくだ》る　舞下る
まなじり高き　つわものの
いずくか見ゆる　幼な顔
　ああ純白の　花負いて
　ああ青雲《せいうん》に　花負いて
　ああ青雲に　花負いて

　　　四

讃えよ空の　神兵を　神兵を
肉弾粉《こな》と　砕くとも

撃ちてしやまぬ　大和魂《やまとだま》
わが丈夫《ますらお》は　天降《あまくだ》る
わが皇軍《こうぐん》は　天降る
わが皇軍は　天降る

一目瞭然、「高天原」からの天孫降臨族が九州日向の高千穂の峰に天降り、まつろわぬ者どもを駆逐平定し、東征に向かうわが日本列島（豊葦原瑞穂中洲《とよあしはらみずほのなかつくに》）の皇国史観に基づく「神武神話」の世界を想い出してしまう。典型的な「天つ神」の〈情念〉世界である。と同時に、それが、あの敵性文化排斥一辺倒の軍国・国粋主義下日本にあって、この国の根《ね》生《お》いではない極めて珍しいヨーロッパ生まれの軽快なワルツのメロディに乗ってたちまち広がりはやり出したということは、一体、何だったのだろうか？　人々の抱える情念と称する特殊感情の謎めいた複雑微妙な摩訶不思議さを思わざるを得ない。

ところで先に「天つ神」の生い立ちについて述べた時に、それはまた「海の彼方からやって来た」ヘソの緒を秘めたものであることをも付け加えた。そして古代日本列島からの風土文明歴史を純粋な科学的意味、つまりは民俗学的に考える時、先の皇国史観に基づく「天孫降臨」「神武東征」神話などには、自ずから異なる別の古代アジア全域に拡がる世界史的視点からの考察が必須になることは論を俟たないだろう。

早い話、古から東アジア文明の中心地だったのは黄河中流域の「中原《ちゅうげん》」、その周辺には東夷《とうい》・西戎《せいじゅう》・南蛮《なんばん》・北狄《ほくてき》と呼ばれる未開の非文明地域が拡がっていた。

先ず、古層日本列島人の大きな流れをなす照葉《しょうよう》樹林地帯の起源とされるのは、今も蛇神信仰を持つ苗《みゃお》族の住む中国西南部の貴洲省や雲南省。漢字の中に「虫」を含む地名例えば南蛮などはみな蛇神信仰族の居住地帯であるという。西戎・北狄は狩猟遊牧地帯、かのジンギスカンが「蒼《あお》き狼」の子と自任したのもまたうべなるかなである。ツングース族は熊を神として崇め、この族が南下した扶余族のトーテムは熊、扶余族が更に南下して建てた百済《くだら》（朝鮮半島西南部）には熊に因んだ地名が多いらしいとか。

そして東夷は朝鮮半島を含めた「中原」から東方の「卵生神話」を持つ鳥神信仰族の住む島や海辺地域で、高句麗《こうくり》の始祖・東明聖王（朱蒙《しゅもう》）も大卵から生れたとされている。

日本の「天孫降臨」神話は、この東夷地域の「卵生神話」に由来するらしいが、「卵生」の影はもはや消え失せている。が、「古事記」に於いて天照大御神《あまてらすおおみかみ》の孫ニニギノミコトが

「ここは韓国《からくに》に向かい、朝日の直刺《たださ》す国・夕日の日照る国だ。だからとても吉《よ》い地だ」と言ったとされているのは、「天つ神」のルーツが朝鮮半島にあるらしいことを思わせる。つまりこの日本列島の神々、そし人々の情念が、実に多くの東アジア地域からの流れを混在させていることが理解できると言うのである。

ともかく「神武神話」に基づく第六十代醍醐天皇、第六十一代朱雀天皇の両陵と、その朝廷から側近の讒言によって九州に流されたあげくの祟りを怖れて全国に「国つ神」としての社が建てられるも、遂には「天つ神」にまで上り詰めて仲間入りし（？）、「天神さん」として崇め奉られた菅原道真を祭神とするわが家の氏神・長尾天満宮とが同時並列する醍醐の里こそは、津名道代女史説を十分に納得させるに恰好最適の地、わが誇るべき醍醐を今更のごとく再認識することしきりであった。

最後に愛《いと》しの醍醐へ捧げる、かの名作曲家・古関祐而の哀切のメロディに乗った軍歌の白眉「暁に祈る」への、私の拙い駄洒落替え歌「夕べに偲ぶ」を記してペンを擱くことにする。

夕《ゆう》べに偲ぶ

一

ああ　あの顔で　あの声で
夕餉《ゆうげ》囲んだ　妻や子と
楽しく過ごした　醍醐里《だいごさと》
遠い記憶に　まだ残る

二

ああ　永久《とわ》の　歴史の日
さらば故国《ここく》よ　栄えあれ
遥かに望む　醍醐寺の
空に聳ゆる　五重の塔

三

ああ　「国つ神」「天つ神」
二つの音色《ねいろ》　寄《よ》り添《そ》うて
幸《さいわい》あれと　山裾《やますそ》に

鎮《しず》もる豊かな　桜花《はな》の郷《さと》

四

ああ　病み付いた　この身体《からだ》
飲まず食わずの　日も続く
吾《あれ》の生命《いのち》も　これまでと
運命《さだめ》の訣《わか》れに　書き遺《のこ》す

（平三〇・六・一九）

三二　生、老、病と死の医学

小野小町と言えば、一般に美人の代名詞みたいなものだが、彼女の素性は、今日、意外と伝説的で謎めいている。出羽国郡司の娘で九世紀初めに上洛、宮中に仕えて仁明天皇の寵愛を得たが、帝の死後いつしか都から姿を消す。その間、生来の美貌と優れた歌道の才能に言い寄る男も多かったが、容易に身を許さなかったともいう。そんな事柄が禍してか、この田舎娘に対する後宮《こうきゅう》の女御《にょうご》たちの嫉《そね》み妬《ねた》み、袖にされた男どもの恨みつらみは次第に嵩じ、不詳の晩年の小町像は殊更に老醜に仕立て上げられていった嫌いがある。後世、小町九相図《くそうず》、小町壮衰絵巻など些か嗜虐的な美女落魄譚《らくはんたん》が生まれたり、又、ある種の好事家《こうずか》間で、小町針の語源と結び付く肉体欠陥説さえも囁かれるようになったのも、多分、その故であろうか。

花の色は移りにけりないたずらに
わが身世にふる眺めせしまに

小倉百人一首に撰ばれた小町の有名な歌であるが、この三十一文字《みそひと》にはやはり栄枯盛衰の現世《うつしよ》の言い知れぬ無常感が漂っている。
ところで、それから凡そ百数十年後、比叡山横川《よかわ》に籠った恵心僧都《えしんそうず》・源信は『往生要集』に、六道輪廻《ろくどうりんね》の思想を説き、人間の不浄さをこと細かに論じた。

いはんやまた命終の後は、塚の間に損捨《えんしゃ》※すれば、一二日乃至七日を経るに、その身膖《は》れ脹《ふく》れ、色は青瘀《しょうお》※※に変じて、臭く爛《ただ》れ、皮は穿《む》けて膿血流れ出づ。鵰《くまたか》・鷲・鵄《とび》・梟《ふくろう》・野干《やかん》・狗等、種々の禽獣、攫《つか》み掣《ひ》いて、食ひ噉む。禽獣食ひ已りて、不浄潰《つい》え爛るぬれば、無量種の虫蛆ありて、臭き処に雑《まじ》はり出づ。悪《にく》むべきこと、死せる狗よりも過ぎたり。乃至、白骨と成り已れば、支節分散し、手足・髑髏、おのおの異る処にあり。風吹き、日曝《さら》し、雨灌《そそ》き、霜封《つつ》み、積むこと歳年あれば、色相《しきそう》変異し、遂《つい》に腐れ朽《く》ち、砕末となりて塵土と相和《あいわ》す。

（※損捨—すてること。　※※青瘀—青くどすくろいこと。瘀は血の病で、瘀血は古血）

（岩波文庫『往生要集』（上）石田瑞麿訳注）

すなわち、新死、肪脹《ぼうちょう》、青瘀《しょうお》、方塵《じん》、方乱、鏁骨猶連《さこつゆうれん》、白骨連《はくこつれん》、白骨離《り》、成灰《せいかい》の九変する屍相が九相で、いかなる美人と雖も、この苛酷な運命は到底免れ難い。源信は、究極的には朽ち崩れ、腐り果ててゆく人間の肉体に執着することの愚かさを述べたのである。

そもそも人間は、この世に生を享《う》けた瞬間から、常に死に向って収斂してゆく。生まれ、老い、病み、かつ死んでゆく生命体に対し、現在の医学は、日夜、不断の努力を傾けている。が、思えば自然界の悠久広大なライフサークルに挑む人間の智力は、実に微々たるものと言えよう。加えて今世紀までの医学、医療は、余りにも「生」「病」の、しかも心身の「身」の範囲のみにこだわり過ぎた。けれど、この分野に携《たずさわ》る者たちの眼は、今ようやくにして「老」次いで「死」への範疇にも注がれ始め、殆ど宗教や哲学の領域に追いやられていた「心」の問題も、やっと医の広場における市民権を獲得したかにみえる。

『往生要集』中巻の終章は、「臨終の行儀」と題して、無常院と称する現代のホスピス類似の施設内に臥す死にゆく病者と、傍らに添ってそれを看取る行者たちとの間の観想問答の在り方を扱い、死者を安らかに欣求浄土《ごんぐじょうど》へ往生遂げさせる手立てについて、多くの頁を割いている。今を遡る約千年の昔の、この源信の思想にこそ私は、まこと現代的意義の深い、優れた示唆に富む人の生と死、そして老いや病に関する教義の真髄を見出す思いがする。

（『Ｍｅｄｉｃｉｎａ』〈天地人〉第二〇巻第一〇号、昭五八・一〇・一〇）

あとがきに代えて

折に触れて書き溜めてあった雑駁な文章を急いで取り出して掻き集め、纏まりもなく、只、並べただけの拙劣な文集を読んでいただいて、本当に有り難うございました。

つらつら思い出してみるに、人は己独りでは決して一瞬たりとも決して生きることは出来ません。いつも多くの方々に支えられ、助けられながら生かされているのです。

お蔭さまで私もやっぱり、この長かった人生を色々な人たちのご親切なお力添えを賜り、多くのご恩を蒙りながら暮らし続けさせてもらい、生かされてまいりました。そしてまた、只、独りだけでは決して死ぬことも出来ません。傍らに付き添って懸命にお世話なさる方々に見守られ、看取られながらあの世へ旅立って逝くのです。この世に於いて、如何なる手段方法によってももう生き続けることが出来なくなった瞬間、その時が即ち死なのです。生と死は一連のもの、紙一重の差、いわば紙の裏表なのです。それ故に良く生きることは良く死ぬことに通じます。

ところで、私たちは此の世の生を終えた後、つまりは死に達した瞬間から後は皆さまの想い出の中に於いて、尚、生き続けていくことが出来るのです。私の祖父母、父母、兄弟姉妹、主な親戚の方たち、そして親しかった多くの友達や知り合った人々は、今もやっぱり皆、私の心の中で昔の儘のお姿で元気にやっておられます。時には互に楽しく冗談なども語り合ったりさえしております。

予てから私自身はいつも確信しております。

「人間は、生死を越えて真の心の中でこそ永遠に繋がり続け得るものである」と思っております。だから少しでも良い、懐しい、楽しく美しい想い出によって、此の世で賜った様々なご恩を大切に保ち、些かでも長く生き続けたいと考えておりました。そしてまた私自身に関わる細やかな良い想い出を周囲のなるべく多くの方々の心の中へ残していただけるように秘かに努めてまいりました。今後も引き続いてこの私の多分に早合点、独り相撲気味の我侭勝手が、ほんのちょっとでも叶えられるように皆さまの中一人でも二人でもかまいません、心の片隅に、時々、お邪魔して末長い想い出の中でのお付き合いを通して生き延びさせていただけたらどんなにか嬉しいことでしょう。これに優る幸せは何処にもございません。どうかよろしくお許し下さいますよう願っている次第です。

顧みれば過ぎ越し七十三年、あの真夏敗戦の直前、一夜わずか二時間足らずの間に、北陸富山市上空に現れた憎《にっく》い敵航空団所属B29型超重爆撃機百七十三機から一斉に振り撒かれ、雨霰の如く降り注いだ約五十二万発の焼夷弾で、私は忽ち撃ち倒され焼き殺される筈だったあたら十五歳の短い青春の生命《いのち》の危機を、（やはり私の好きな作家太宰治も美知子夫人の故郷甲府での空襲被災体験を綴った短編小説『薄明』の中で、同じく〝生きてゐる人間には何か神性の一かけらでもあるのか、……誰もやけどをしなかつた〟と述べているように）思いもかけず全く奇蹟的に何とか逃れて無事死地を抜け出し、今や卆寿にも達する平和で幸せな年月を見事に生き延び長らえて来ました。

太宰は、また書いています。被災のさ中、家から逃げ出す間際にズボンのポケットにねじ込んできた海軍へ行っている義弟から借り物の懐中時計を出して、折悪しく両眼の結膜炎に罹っている五歳の女の子の手に握らせ、

「耳にあててごらん、カチカチ言つてるだらう？　このとほり、めくらの子のおもちやにもなる。」

子供は時計を耳に押しあて、首をかしげてじつとしてゐたが、やがて、ぽろりと落

した。カチヤンと澄んだ音がして、ガラスがこまかくこはれた。もはや修繕の仕様も無い。時計のガラスなんか、どこにも賣つてやしない。「なんだ、もう駄目か。」私は、がつかりした。

『薄明』でこの女の子は、やがて近くへ緊急移転して来た救護病院へ二日程かよい眼科の女医さんに診てもらって眼を洗い注射を打ってどうにか治り、また眼があきました。そして小説は女の子と父親太宰との次のような会話で終わっています。

私はただやたらに、よかつた、よかつたを連發し、さうして早速、家の焼跡を見せにつれて行つた。

「ね、お家が焼けちやつたらう?」

「ああ、焼けたね。」と子供は微笑してゐる。

「兎さんも、お靴も、小田桐さんのところも、茅野さんのところも、みんな焼けちやつたんだよ。」

「ああ、みんな焼けちやつたね。」と言つて、やはり微笑してゐる。

極めて鋭敏純粋な子供の眼にはそのきれいさっぱり何もかも無くなった廃墟の焼跡は、きっと咄嗟に大人たちの醜い物欲の争いを完璧に超越した平和で自由かつ安穏な、あの「浦島さん」が訪れた海の底、杳々茫々、模糊と霞んだ万畳敷の荒涼たる大広場の竜宮城のような、そしてそこは寸秒の時間の経過さえ全く不要な《無限に許された》原始時空間の世界として映っていたのかも知れません。

その頃の太宰治は、あの戦争末期、夜な夜な鳴り響く空襲警報のサイレンの下で原稿を書き継ぐ一方、防空壕の中ではむずかる女の子に「ムカシ　ムカシノオ話ヨ」と間《ま》の抜けたような妙な声で読んでやった絵本から、彼のただものではないまことに奇異な術《すべ》によって創り出された別個の『お伽草紙』と称する名作物語に、いみじくもその新しく素晴らしい数々のお伽噺を考え出し記していたのです。

太宰は「年月は人間の救ひである。」「忘却は人間の救ひである。」「思ひ出は、遠くへだたるほど美しいといふではないか。」しかもその三百年の招来をさえ、乙姫さんから無限に許されている浦島さん自身の玉手箱を〈あけてもよし、あけなくてもよし〉の気分にゆだねたと語っています。

やがて余りにも許されている事に飽き飽きして陸上の生活への郷愁を感じた彼は、再び亀の脊に乗って、元の浜辺・京都丹後の水江《みずのえ》へ帰ってきます。『お伽草紙』の「浦島さん」では、その最後を「浦島は、それから十年、幸福な老人として生きたといふ。」文章で結んであります。

乙姫さんから贈られたパンドラの箱ならぬまばゆい五彩の光を放っているきっちり合った小さな二枚貝の玉手箱をあけて「タチマチ　シラガノオジイサン」、三百歳になったとしても浦島さんは決して不幸ではなかったと言うのです。立ち昇る白煙自体で救われ、貝殻の底には何も残っていなくたってちっとも問題はない。三百歳はまことに不幸、悲惨、気の毒だ、馬鹿だ、などということは日本の慈悲深いお伽噺には決して書かれていないと説いた太宰は、それから永い間の思案の末にようやく少しわかったような気になってまいりました。そして遂に彼はその『お伽草紙』を「私たちは、浦島の三百歳が、浦島にとつて不幸であつたといふ先入感《ママ》によつて誤られて来たのである。」「私たち俗人の勝手な盲斷に過ぎない。」と結論付けたのです。

齢をとって、昔のことを忘れるのは、当たり前です。何もかも覚えていなければいけないと考えるのはとても苦しくて難儀なことです、適当に忘れられるからこそ人間は幸せなのです。そして美しく懐しい想い出だけは、中々、忘れることが出来ず、いついつ迄も心の底に長く残っているのです。

私たちも、お互いにこれからはすべからく永遠の想い出の中に生きましょう。懐しく大切な想い出だけをずっと愛《いと》おしみ、楽しく育むことにいたしましょう。

随分、長い間ご厄介をかけ、いろいろお世話になり有り難うございました。再度、深い感謝の念をもって皆さま方に厚いお礼の言葉を述べまして、お名残り惜しい別れのご挨拶に代えます。

浅田　高明

著者紹介

浅田高明（あさだ　たかあき）

1930年富山市生まれ。1954年京都大学医学部医学科卒業。京都大学結核・胸部疾患研究所で、結核、呼吸器病学を専攻後、国、公、私立諸病院・診療所等で臨床勤務。常に「人間の生と死」について考え続け、自らも日本尊厳死協会正会員（No.5560）。傍ら、長年太宰治の人と文学に関する主として実証的研究に携わってきている。医学博士。太宰文学研究会会員。『医家芸術』同人。現代文学研究会会員。文学表現と思想の会会員。

著書に『太宰治の「カルテ」』（1981年）『私論太宰治　上方文化へのさすらいびと』（1988年）『太宰治　探査と論証』（1991年）『探求太宰治』（1996年）『私の太宰治論』（2018年）いずれも文理閣刊、共著『太宰治　芸術と病理』（1982年）宝文館出版刊。他に、『「生命」と「生きる」こと』（2016年、文理閣）、死に至る妻への介護記録として『しのび草　菊の香』（私家版、2000年）がある。

生、老、病と死の風景

2020年２月10日　発行

著　者　浅田高明

発行者　黒川美富子

発行所　図書出版　文理閣

京都市下京区七条河原町西南角 〒600-8146
電話 (075) 351-7553　FAX (075) 351-7560
http://www.bunrikaku.com

 ISBN978-4-89259-842-5